ヒールをぬいでラーメンを

栗山圭介

Bye Bye High heels!
enchanted with Ramen

Kuriyama Keisuke

角川春樹事務所

ヒールをぬいでラーメンを

装画　大宮トウ
装幀　五十嵐徹（芦澤泰偉事務所）

1

青山一丁目駅から徒歩五分、ショッピングエリアを併設したオフィスビルのビジネス専用エントランスに甲高いピンヒールの音が響く。会釈する警備員を横目にIDカードをかざしてセキュリティを抜け、七階のビジネス専用エントランスで一旦《いったん》降りる。

フロアには半円形の受付があり、複数の外来者が二次元バーコードでアポイントの確認をとっている。IDカードをタッチさせセキュリティを抜け、高層階までの直通エレベータに乗り換える。エレベータ内でもういちどIDカードをかざして高層階へと向かう。

最初は耳がツンとなったが、いまでは平気だ。ずっと高所恐怖症だと思い込んでいたがそれも違った。むしろ重力に逆らいながら身体《からだ》をさらわれるような感覚に心地よささえ感じる。

門阪有希《かどさかゆうき》は大手IT企業『COMnel《コムネル》』に勤める三十四歳のOLで、短大卒業後に人材派遣会社で四年間勤務した後、現在の会社に就職した。これといった特技があるわけでもなく、事務職を探していたが、前職の同僚を通じて起業を予定していた『COMnel』を知り履歴書を送った。

ITとは無縁だと思っていたが、これから立ち上げる会社に希望を抱き書類を出した。志望動機の欄に、〝ゼロから会社を支えることに魅力を感じる〟と書いたのは本音だ。

メールでのみ受け付けますという履歴書をあえて封書で送った理由は、その方が目に留まると思ったから。ペン字に自信があるのも理由のひとつ。エントリーミスにならないようにメールでも送信しておいた。

　返信はすぐにきた。

「封書で履歴書を送ってきたのはあなただけです。これはルール違反ですので、直接お会いして理由を聞かせていただきたいと思います」

　社長の萩原英人《はぎわらひでと》からだった。

　脅かすような文面に一瞬身が縮んだが、他社にも複数願書を出していたので、ダメもとだと、すぐさま気を取り直した。それよりも驚いたのは、萩原が面接場所にチェーン店の居酒屋を指定してきたことだ。

　予想外の展開に困惑しつつ、興味を持たれたかもと期待は膨らんだ。性格はちょっとだけ図々しくて大胆、それが有希の自己分析だ。

　指定された居酒屋に入り、萩原らしき人物を探すと、「こっちこっち」と手招きする男と目が合った。

「門阪さんですよね、萩原です」

　前髪を伸ばしたツーブロックヘア、Ｔシャツにジーンズ、スニーカースタイル、眉《まゆ》カットをした今どきの若者で、学生と言っても通用する感じだった。

「はじめまして、ボクが社長で、こいつが副社長の玉木《たまき》、こっちも副社長の根元《ねもと》。よろしくね」

　萩原は矢継ぎ早に同じようなスタイルのビジネスパートナーを紹介した。学生サークルのコンパと言っても違和感はない。もっとも女子は有希ひとりだけだが。

　自分のことを「ボク」と呼ぶ経営者を見たのは初めてだ。これがＩＴ業界という世界なのだろうか。有希はまじまじと萩原を眺めた。

「封書で送っていただいた履歴書を拝見して興味を持ったのでお呼びしました。あ、本題に入る前に飲み物頼まなきゃね。生ビールでいい？」

飲みながら面接するのはどうかと思いつつ、流れで「はい」と言った。

「ボクらは大学の同級生で、それぞれフリーでプログラミングとかウェブデザインとかやってたんだけど、サラリーマンになるのもつまんないし、〝一緒に会社つくらない？〟って感じになって、〝じゃ、やろう〟って。それで求人というほどでもないけど、それぞれの知り合いを通じて誰《だれ》かいい人がいたら紹介してって言い廻《まわ》ってるうちに門阪さんが履歴書を送ってくれたわけ。しかも封書で。ウケるんだけど」

初対面とは思えないフランクさ、いや、慣れ慣れしさと言うのが正しい。私はこれからこのタメ口で話す軽薄そうな男たちと働こうとしているのかと、有希は胸に聞いた。クソ真面目《まじめ》な堅物は受け付けないが、チャラ男はもっと嫌いだ。

「いまネットオークションとフリーマーケットを複合させたアプリを開発中で、親権者の同意があれば、中高生でもアカウントを取ることができて、自宅にある物も簡単に売ることができるようになるんだよ。これが完成すれば未成年でもスマホひとつで物品の売買が可能になるってわけ。誰かの要らない物が、それを必要としている誰かの元に安価で届く。親から小遣いをもらわなきゃ買い物もできない中高生が、小遣い稼ぎをすることもできる。合理的で簡潔な仕組みでしょ」

から揚げを頰張《ほおば》りながら熱弁する萩原の目が真剣で、貼《は》りつけたばかりのチャラ男のレッテルをひとまず剝《は》がした。萩原同様、口をもごもごしながら真剣な目をするふたりに吹き出しそうになった。

今まで仕事のことを熱く語る人をあまり見たことがない。前職の上司も同僚も、感情的になって会社や誰かの悪口を言うだけで、ときには自分の手柄を百倍にして自慢された。夢や希望を語るのを聞いたのは、新入社員歓迎会で、同僚が酔った勢いで、〝俺《おれ》がこの会社を背負って立ちます〟と大口を叩《たた》いた時だけだ。その同僚は度重なる使途不明金がバレて二年足らずで自主退社した。

有希にはこの学生サークルにしか見えない三人が、未来に希望を照らしてくれるような気がした。

「門阪さん、ボクたちと一緒にやろうよ」

ビールを流し込み、気持ちを切り替えるように萩原が言った。有希は安堵《あんど》しながらも、含みのある目で萩原を見た。

「まだ私、何も話していないんですけど」

「あ、ごめん。一方的にしゃべって。ほら、お前らもお願いしろよ。じゃないと門阪さん、うちの会社に来てくれないぞ」

来てくれないぞって……いつしか状況は面接からスカウトへと変わっていた。三人が横一列に頭を下げたことにたまらず吹きだした。玉木と根元は頭を下げながら口をもごもごさせていた。有希が履歴書を郵送したルール違反について尋ねると、萩原が茶目っ気たっぷりに答えた。

「まさか封書で送ってくるなんて、やられたって思ったよ。正直狙《ねら》ってたでしょ？」

意地悪な問いかけに、「ふふっ」と思わせぶりな視線を返した。

「こっちもインパクトを与えようと思って、だから居酒屋で面接しようと決めたんだ」

同世代ならではのやりとりに気がほぐれる。萩原たちを悪い人じゃないと思った。でも即答は避けた。答えは一旦持ち帰ってからと告げると、帰り際に「目を通しておいて」と言って会社概要を渡された。

「良い返事を待ってるね。ボクたちの未来のために」

最後の言葉は少しだけ異性として意識してしまった。出会ったばかりで、それも就職の面接で、何を考えてるんだ私は……。駅へと向かう有希にいつまでも手を振る三人を、有希は背中で感じていた。

帰りの電車で渡された会社概要を見た。専門知識を要する文章と難解なグラフがいくつも書かれていたのでパラパラと流し見していくと、最終ページに、ＩＴ業界には似つかわしくない筆ペンで書かれたページがあった。〝門阪有希さん江、僕らと一緒に日本一の会社を目指しましょう〟。お世辞にも上手《うま》いとは言えない文字に、萩原の誠実さと情熱が滲《にじ》み出ていた気がした。

「〝江〟ってウケるんだけど」

周りを気にしながら小声で笑った。タメ口を差し引いたとしても、萩原がいいヤツに思えてきた。〝一度ぐらいチャレンジしてもいいよね〟。そう言い聞かせて、有希は『ＣＯＭｎｅｌ』に転職することを決めた。

数日後、あえて封書で返事をすると、翌日に速達が届いた。中には内定通知書と、またしても下手くそな筆文字で、〝ありがとう！　一緒に夢を追いかけましょう〟と書かれたコピー用紙が入っていた。

2

あれから十年が経《た》ち、有希は総務部勤務から社長秘書課に就いて、六年目を迎えていた。『COMnel』は一流企業の仲間入りを果たし、フリマとネットオークションを運営する会社としては、国内トップクラスの業績をあげ、社員数三百人を抱える企業に成長した。近々、東証二部へ上場することも決まっている。

会社はビルの高層階三フロアを占め、最高層階にある社長室は前職の人材派遣会社よりも広い。カーリングできそうじゃん、といつも思う。

ガラス張りの社長室から見下ろす景色は圧巻で、林立するビルの谷間を覗《のぞ》きこむたびに3D映像のような立体感を覚える。スパイダーマンが摩天楼をスリリングに抜けていくシーンは、超高層ビルから眼下を眺めて構想を練ったのだろう。このビルよりも背丈の低いビルの屋上の殺風景さに優越感を覚える。

八時半出社は楽ではないが、社長の萩原が出社する十時までは、この広々とした空間と景色をひとり占めできるから悪くない。今朝は澄みきった青空が広がり、窓から富士山がくっきりと見えた。社長用のチェアに体をあずけ、足を投げ出して戦国時代の武将たちが天守閣から富士山を望む気持ちを想像したら偉くなった気がした。故郷の岐阜《ぎふ》城は山の頂にあるが、織田信長《おだのぶなが》もこんな気持ちだったのだろうか。ちなみに有希は歴女ではない。

十時十分。萩原は決まって十分遅れで出社する。「エレベータ渋滞にはまっちゃって」といういいわけもお決まりだ。

「ふぅ」とひと息ついてからパソコンを立ち上げ、メールチェックをする間に有希がエスプレッソを淹《い》れる。一気に飲み干し、おかわりを催促されたので、「ドッピオにされてはいかがですか」と薦めたが、「シングルのデミタスカップでおかわりするのがいいんだよ」と萩原がカップをかざした。へんなこだわりに有希がふふっと笑う。

ローテーブル横の巨大なフィギュアは、萩原をモチーフにしてメーカーに特注してつくってもらったもの。アーティストやアニメヒーローとのコラボものに触発され、取引先を通じて無理を聞いてもらった。

『BOKU2号』と名づけられたそれを萩原は、スマホの待ち受け画面にするほどお気に入りだが、有希にはその魅力がまるで理解できない。「おはよう、2号」と敬礼する萩原に、「なに、その顔」と返されるのがいつものパターン。

萩原はおよそ社長らしくないTシャツにジーンズスタイル。十年前と変わらないスタイルだ。

「偉くなったからってスタイルを変えるのはどうかと思う」と、もっともらしいことを言うが、昔とは世間的立場も違うのでなんとかしてほしいと思っている。スティーヴ・ジョブズの真似《まね》じゃないのなんて言おうものなら、すごい剣幕で怒られそうだ。

「誰かの真似事なんて1セントの価値もない」が萩原の口癖だ。1セントじゃなくて、1円でいいじゃんと、有希はいつも笑いを堪《こら》えている。

来客の多い社長室が殺風景にならないようにと観葉植物をいくつか置いた。窓辺に置いた数々のハーバリウムに陽光が透けて室内が明るくなった。これも社長秘書の役割だと、有希は日々室内を黒づくめにしたがる萩原と戦っている。

モノトーンのＢＯＫＵ2号に「不気味だから」とオレンジのバンダナを巻いたら、「カワイイじゃん」と意外な言葉を返されたまではよかったが、ベースボールキャップとサングラスを装着され、手首にはシルバーアクセを着けられガラの悪いＢ－ＢＯＹみたいになった。

これが少年心というものだろうか。女性には一生理解できない謎《なぞ》である。

「今日の予定はどうなってる」

几帳面《きちょうめん》なＡ型でスケジュールを把握している萩原に、タブレットを指でスライドさせながらスケジュールを伝える。ふたりにとっては朝の点呼のようなやりとりだ。

多忙な萩原のスケジュールには、Ｙと記された文字がいくつかある。それはプライベートを意味するもので、ふたりの暗号のようなものだった。

「金曜日はなに食べにいく？」

「ベトナム料理っ。二週間前に京橋にオープンしたお店」

「ここのところエスニックつづきじゃん」

「文句言うんだったら自分でお店決めてよ」

社長と秘書のやりとりが急にくだけた。Ｙは有希のイニシャル。ふたりは付き合いはじめて三年になる。かといってベタベタした関係ではなく、『ＣＯＭｎｅｌ』発足当時から総務職として会社を支えてきた有希を萩原は心強く思っている。会社が大きくなるにつれ、キャリアのある人材を中途採用したりヘッドハンティングもしたが、有希は自分の地位を軽く飛び越えていく者たちに文句ひとつ言わず、その都度会社のルールや特徴を丁寧に説明してきた。それが女性であってもだ。

腐らずに内助の功を尽くす有希は、萩原にとっても会社にとってもなくてはならない存在になっていた。

二年前、青山へ会社を移転するときに、有希は萩原から管理職になるように薦められた。

「偉くなるとその分責任が重くなるのでこのままでいいわ。お給料だけアップしていただけるのなら大歓迎だけど」

「そう言うと思ったよ」

「なので謹んでご辞退申し上げます」

「もっとも有希のそういうところが好きなんだけど」

「どういたしまして」

「有希は不思議な女だな。手を差し伸べればふっと躱《かわ》す。けれど距離を保ちながらそっと見守ってくれる。感謝してるよ」

「だから、頑張ろうよ」

皮肉まじりの褒《ほ》め言葉に、思わず口元がほころんだ。

照れ隠しにタメ口で返したら、萩原に抱きしめられた。

「これからもずっとずっとよろしく」

萩原の胸に顔を埋《うず》めながら、有希はあの日居酒屋で面接したことを運命に感じた。萩原もそう思ってくれているだろうと信じながら。

有希が萩原に信頼される理由はもうひとつ、『食』だ。

有希は、管理栄養士で料理が得意な母親の影響で、幼い頃から食事の支度を手伝い、小学校の高学年になると、ひとりで料理をつくれるようになっていた。美味しいものを食べることが好きだった父親は、有希がつくった料理の食材や味付けを当て、ハズれると罰ゲームとして有希に小遣いをあげることになっていた。家族で食卓を囲み、何気ない遊びをする日常が、しだいに有希の味覚を研ぎすましていったのだ。

　有希は人気店や話題の店にも詳しく、萩原とのデートではいつも店を選び、そのつど絶賛されていた。「学生時代から腹が膨れればなんでもよかった」と言っていた萩原から、食についていろいろ聞かれるようになったことが有希は嬉《うれ》しかった。

　あるとき、有希は萩原からクライアントとの会食場所を相談され、高級レストランや料亭の個室ではなく、上品な雰囲気のレストランをチョイスした。

「華美な店はトゥーマッチ。コース料理を選ぶのは邪道。気さくな店のアラカルトでどれだけバラエティ感を出せるかが勝負なの」

　有希の選んだ店はクライアントに喜ばれ、ビジネスは成立した。

　それ以来、会食場所は、先方からのリクエストがない限り有希が決めるようになった。時にはカジュアルに、時にはシックに、会食相手に合わせ、会話の硬軟を想定したチョイスに萩原はいつも満足してくれた。

　グルマンの舌を唸《うな》らせるほど仰々しいものではないが、味もコスパも雰囲気もいい店を選ぶ。ワインはボトルではなく、料理によって種類が変わるバイ・ザ・グラスを勧めると、クライアントがすごく喜んでくれたと、萩原から嬉しそうに報告された。

「だって料理が変わればワインも変えたくなるでしょ」

雑誌やインターネットの情報を鵜呑《うの》みにするのではなく、自身で食べ歩いて得た情報だけを信じている。ネットを検索して気になった店があれば実際に食事に行って確かめる。何よりも自分の趣味が萩原に役立っていることが、有希は嬉しかった。

「管理職になるかわりに飲食店を開拓する経費を認めてくれない？　会食のためのマーケティングリサーチ料として」

「いいよ。なんならカード作ろうか」

「そういう考えが古いんだって。バブル期じゃないんだから」

少々キツめの返しが有希の持ち味だ。

「言うと思った。でもいちいち有希のカードで決済して領収書で精算するというのも面倒だし、経理の手間を省くという意味でもカードを持っておいてよ」

仕方ないという顔をする有希に、「なんでカードを持ってもらうために俺が頭さげなきゃなんないんだよ」と萩原が苦笑した。

萩原を言いくるめながら自分の希望も叶《かな》える。有希は、あの日居酒屋で面接したことを思い返し、この転職がまちがいではなかったと思った。

「それで、金曜日はベトナム料理でいいんだよね？」

腰に手をあてて聞く有希に、萩原が指でOKサインを作った。

萩原には他にも交際している女性がいることを有希は知っている。それも複数。それでも有希はよかった。経済誌にも載る若きIT業界の旗手がモテないはずがない。自分にもそういう経験はあるし、今だって複数の男性と交際してもいいと思っている。

たまたま現在交際しているのが萩原なだけで、交際相手が複数いたら、条件次第で優先順位を決めればいい。自分のことを計算高いとは思わないが、シビアな一面があることもわかっている。それを差し引いたとしても萩原とはフィフティー・フィフティー。きっと萩原も同じ思いだろう。だから嫉妬《しっと》もしないし感情が高ぶりすぎることもない。

そんな有希に萩原以外に恋人がいないのは、束縛も放置もされないフランクな関係ということもあるが、やっぱり萩原が好きだから。一緒に会社を伸ばしてきた同志で母性愛を感じることもある。社会的地位や経済力が目当てではないが、贅沢《ぜいたく》をさせてもらえるし、給与振込の額面をみるたびに満たされた気持ちになる。カリブ海や北欧《ほくおう》へも連れて行ってくれた。萩原は有希の恋愛史上、最高の条件を満たしてくれる恋人なのだ。

「門阪さん、社長のスケジュールはどうなっているんですか?」

チーフテクニカルオフィサーの倉地《くらち》が血相を変えて社長室に飛び込んで来た。三日前に深圳《シンセン》から帰国したはずの萩原が、連絡もないまま いまだに出社していないのだ。タブレットにびっしりと埋められたスケジュールが、不安を募らせる。プライベート用のスマホにも音沙汰《おとさた》なし。仕事先からのクレームは、かろうじて今のところはない。

「困るんですよ。社長に出社してもらわないと」

「申し訳ありません。何度も連絡をしているのですが繋《つな》がらなくて……」

「言い訳は要りません。とにかく社長と連絡をとってください」

「仕方ないでしょ。こっちだって困ってるんだから」

たまらず有希が感情的になる。

「あなた、社長秘書でしょ。スケジュールを管理するということは、予定を書き入れることだけじゃないんですよ。連絡がとれないからって逆ギレするのはどうなんでしょうか。それに……」

「それに、なんでしょう？」有希が睨《にら》む。

「いえ、なんでもないです」

喉元《のどもと》の言葉を倉地が呑み込んだ。有希と萩原の関係は薄々気づかれている。

「とにかく、すぐに社長と連絡をとっていただき、出社していただくようお伝えください」

有希を睨み返して踵《きびす》を返す倉地の背中に、バーカと声を出さずに言った。

しばらくして内線電話が鳴ったので、また倉地かと思いわざと明るい声をつくった。相手は倉地ではなく経理部の山沖《やまおき》だった。

「これから社長室をお訪ねしてもよろしいですか」

「社長はいま留守をしておりますが」

「存じております。門阪さんに用件がありまして。経理部にお越しいただいてもいいのですが、私が伺った方がよろしいかと」

含みのある言い方にいやな予感がする。落ちつきはらった声が不気味だ。

「どういうことでしょうか」つとめて穏やかに聞き返すと、山沖は咳《せき》ばらいをしてから「では、そちらに伺いますね」と電話を切った。

萩原との関係がバレたのだろうか？　だとしても咎《とが》められることはない。過去にも萩原は秘書と付き合っていて、自分とは比較にならないほど社内に知れ渡っていた。そればかりか、ほかにも社内に女がいたのに、元秘書は寿退社をして社長は披露宴にも出席した。もうひとりの女は今でも平然と会社に勤めていて、誰も萩原との関係に触れようとしない。この会社は寛容なはずだ。まずもって萩原は独身である。不倫でもない私が咎められるわけがない。

不安を振りはらうように深呼吸をして広い社長室を往《い》ったり来たり。迫り来る瞬間に「落ちつけ私」と言い聞かせた。とにかく萩原とのことを聞かれたらシラを切ろう。それが萩原のためでもある。

コンコン。ドアをノックする音が響く。静かにゴングが鳴った感じだ。

「どうも」

山沖は会釈をすると窓際にいき、「社長室は見晴らしが最高ですね」と言って伸びをした。

「では」

山沖が応接用のソファに腰を下ろす。まるで部屋の主《あるじ》のように、あなたもどうぞと手のひらで促された。ミニスカートの有希は山沖の正面からすこしずれて座り、揃《そろ》えた膝《ひざ》を逃がした。

「お忙しい中、申し訳ございませんが、早急にお伝えしなければならないことがあります」

きたか、とう感じだ。山沖が組んだ足を戻して淡々と切り出す。〝なければならない〟という言い方に生唾《なまつば》を呑む。有希はコクリと首を動かしてその先を促した。

「門阪さんにご相談させていただきたいことがありまして」

「どのようなことでしょうか」心を抑えながら聞いてみる。

「我が社の東証二部上場に際して、いろいろと整理しなければならないことがありまして」

ポーカーフェイスの山沖がぶしつけに切り出す。〝だから何よ〟と聞けない自分が悔しい。

「会社合併に伴い新たな株主を募るにあたり、社長とあなたとの関係をクリアにしなければなりません。門阪さんは社長と交際していらっしゃいますよね？」

予感は的中した。認めたら負けだ。返事をせずにじっと目を見た。

「まぁそれは良しとしましょう」

またしても含みのある言葉でじりじりと追い込まれる。山沖のあだ名はスネークマンだ。

「このほど弊社と合併する『株式会社ＡｎｉｔｏＲ《アニタ－》』から連絡が入り、弊社所有のクレジットカード明細に複数の使途不明金があるとの報告がありました。明細書のコピーを調べたところ、門阪さんが所持しているものであることが判明し、私的流用の疑いがあるとの見解に至りました」

そう言って山沖はカード利用明細書のコピーをテーブルに広げた。

「赤ペンでチェックしてある部分がそうです」

急激に血が引いていく。いつ、どこで、カードを使ったのかを有希は明確に記憶している。そのほとんどが萩原とのデートに使われ、プライベート旅行や都内のホテル代などが決済されている。赤ペンで引かれている十五箇所の項目にはすべてホテル名が記されていて、萩原とのデート履歴を見せられているようだ。

「どのような目的でホテルに宿泊されたのかお聞かせください。どのホテルもかなりグレードが高いお部屋に宿泊されたようですが」

山沖の粘っこい声に冷や汗が吹き出しそうだ。明細書の文字がぐるぐると廻りはじめ、具合が悪くなり吐きそうになった。

「どうしました、顔色がよくないですよ」

乗り切る策が何も浮かばない。ダメだ、マジで吐くかも……有希はしだいに気が遠のいていった。

「えっ？」

気がつくと頭上から山沖が覗き込んでいた。

「大丈夫ですか？」

「大丈夫です。軽い貧血だと思いますので」

「では話を続けさせていただきます」

一瞬の空白からすぐさま残酷な現実に引き戻される。山沖の執拗《しつよう》なまでの質問がはっきりと聞こえる。どれも身に覚えのあることばかりだ。不思議なことに、さっきまでのようにジリジリと体中が火照ることもなく、頭の中はむしろ涼しい。記憶の途絶えが心を落ちつかせたのだろうか、有希は焦ることもなく冷静に応じた。

「はい。いずれも萩原社長とご一緒させていただきました。交通費などはいつも社長がお支払いされるのですが、宿泊費は私がお預かりしているカードで支払うように萩原社長から言われておりますので」

「それは会社経費の私的流用にあたりますので断じて認めるわけにはいきません。まして社長とのプライベートでの宿泊費となれば、先様にお伝えのしようもありません」

「お言葉ですが萩原社長からそうしろと言われたものですから」

「では証拠をお見せください」

「証拠なんてあるわけないじゃないですか。宿泊したのは萩原社長も一緒なんですよ。どうかしてませんか、その質問」

「そうですか。証拠なし、と」

山沖が有希の顔色を窺《うかが》いながら調書をとるように書き留めている。

いったいどういうことだ？　私が何をしたというのだ？　そもそも会社合併に伴い、私と萩原の関係を整理するって、なに？　経費の私的流用なんて単なるこじつけじゃん。デート代の支払いにってカードを作ったのは萩原だよ。そんなこと、萩原に聞けば一発じゃん。

流れ弾に当たったような悲劇に、心の声が大きくなる。

なんでこういうときに萩原はいないのよ。しかも連絡もないまま。

え？　もしかすると……心の声がしぼんでいく。ＢＯＫＵ２号だけではなく、目に映るものがすべてモノクロームに見えてくる。高鳴る心音を感じながら、有希は小さな葛藤《かっとう》をしたあと、認めたくないものを認めざるを得なかった。

なるほど、そういうことか。これは罠《わな》だ。萩原が仕掛けた罠にちがいない。空っぽになった頭の中に熱いものが注がれていく。じわじわと怒りが込み上げる。

さっきとはちがう類《たぐ》いの熱が体を駈《か》けのぼってきた。そんな有希の怒りを煽《あお》るように山沖がさらりと言った。

「別件と言っては失礼ですが、社長はほかにも交際されている方がいらっしゃいます。そのうちのひとりは弊社の社員で、さきほどお話をさせていただきましたところ退職を希望されました。もちろんその方に私的流用などありませんが」

悔しいが返す言葉が見当たらない。それにしてもまさか社内にまだ付き合っている女がいたとは……この状況でもショックを受ける自分が嫌になる。狼狽《ろうばい》をさとられないように、有希がそっと鼻で息を整えた。

「宿泊の件ですが、それは萩原社長も同罪じゃないんですか。なぜ私だけが責められなくてはいけないんでしょう」

「そのあたりはお察しいただければ幸いです。弊社が飛躍する大切な時期ですので」

「だから、私に罪を被《かぶ》れと」

「そうは言っておりません」

「つまり、辞めてほしいんだ」

山沖の口が止まった。最後のひと言を有希に言わせようとしているのが見てとれる。山沖がその言葉を口にした時点でコンプライアンス違反となるからだ。

すべての感情を消して山沖に視線を向けた。山沖が片方だけ口角の端を持ち上げて蛇のような目で有希の顔を睨《ね》めまわす。消したはずの感情が蘇《よみがえ》り有希の目を鋭くさせた。

「私が社長とお付き合いしていることがなぜ問題なのですか？　社長は独身ですし私もそうです。不倫関係でもない健全な恋愛関係だと思いますが」

「そうは言っておりません。あくまでカードの不正使用について申し上げているだけです」

「会社を辞めて萩原と別れろと言いたいんでしょ」

思わず、〝萩原〟と呼《よ》び捨てにした。

「確かにそれを善しとしない役員や投資家もいます」

「だから辞めろ、別れろと」

ムキになった。そろそろ我慢の限界だ。

「私は会社の総意としてお伝えしているだけです」

これ以上、何を言っても無駄だ。この男の心は冷たい鉄でできている。感情を抑えつけ、大きく息を吐いて気を取り直し、ひとつだけどうしても聞いておかなければならないことを山沖にぶつけた。

「それは萩原社長からの指示でしょうか？」

「はい」

事もなげに言われた。

「ほかにお聞きになりたいことはございますか」

大人が敬語を使うときは、何かを清算したいときだ。言い方はよそよそしくて冷たい。眉ひとつ動かさない山沖が鬼に見えたが、不思議と怒りはない。鉄仮面のような顔に言い返す気力を奪われてしまったのだろうか。この男をヒットマンに据えたのは会社のファインプレーだと人ごとのように感心する。

「拒否することはできるんですか？」勇気を振りしぼって言った。

「できますが得策ではないと思います」淡々と返される。

「得策ではないって？」

「社員一人ひとりには査定というものがございますから」

「退職金に影響するということですか」

「あくまでも査定によるものですので一概には答えられません」

「私がこの事実をどこかに持ちかけたとしたらどうされるんですか」

「脅迫ですか？」

「いいえ、参考までに」

「それならそれで仕方ありませんね。第三者に委《ゆだ》ねることになるでしょう」

「そうなれば会社にとっても不利になるんじゃないでしょうか」

「問題は、いち社員の経費の私的流用です」

「一方的な解雇はコンプライアンス的に大丈夫なんですか？」

「解雇ではございません。進退を伺っているだけです」

「そう仕向けてるじゃないですか」

「いいえ。そんな非礼はしておりません」

「いちいち何よ、そのいやらしい言い方。男らしく自分の意見をはっきり言いなさいよ」

眉に力を込めて吐き捨てた。

「門阪さん」

山沖が呆《あき》れるような口調で有希の視線を要求した。

「この件に関してもろもろ相殺したとしても、門阪さんには不利に働くことが多いと思われます」

「相殺？　不利？　随分いやな言い方をしますね」

「これは個人的意見ですが、あまり頑な態度をとられずに、すみやかに辞職されることがよろしいかと思います」

「ついに言ったね、辞職って」

「はい」

またも堂々と言われる。この男に血は流れているのだろうか。

「なんで私が辞職しなきゃなんないの？　答えなさいよ」

「退職金のご用意と、転職のコンタクトに際しては失礼のない条件を揃えさせていただきます。もちろんこの件は、社内外問わず内密にいたします」

悪夢だ……。低俗なドラマのワンシーンみたいにチープで残酷な台詞《せりふ》が心を逆撫《さかな》でする。手切れ金を用意すればすんなり辞めるとでも思っているのか。

私は社長の女になるためにこの会社に入ったんじゃない。たまたまそういうことになっただけで、これからも会社の成長を見守っていきたいし、その気持ちは誰にも負けない。私はこの会社が好きなのだ。有希は心の中で大声で叫んだ。

「どこかご希望の転職先はございますか」

これ以上、私の気持ちを掻《か》き乱そうとするのか。この状況で転職先を言えたら私は大物だ。

「いかがでしょう」追い打ちをかけるように山沖が聞いた。

「株式会社ＣＯＭｎｅｌの社長秘書です」

これが有希のささやかな抵抗であり本心だ。

「残念ながらそれにはお応《こた》えできません」

その冷徹な言い方に、圧《お》し殺していた感情が焚《た》きつけられる。

「では辞めます」つい口にしてしまった。

「了解いたしました」山沖がふっと口元を緩め会釈をした。

ゲーム・イズ・オーバー。萩原は私を辞めさせるために退職勧告の達人を仕向けたのだ。悔しいけど、言い返す気力はない。本当は辞めたくない。もちろんこの先にはあてもない。〝転職先へのコンタクトとか言ってましたよね〟、なんて、意地でも聞けるか。私にだって少しぐらいのプライドはある。っていうか、なんでこんなになっちゃったの？　ねぇねぇ、私、なんか悪いことした？　心の声が弱気になる。なんなら大声で泣いてやろうか。それでもこの鉄仮面は表情を崩さないだろう。貶《さげす》んだ嗤《わら》いを浴びせられるのがオチだ。

　一瞬、心に吹いた風が、〝一発かましてやれ〟と囁《ささや》いた。女にだって引き際は肝腎だ。少しぐらい格好つけてやる。

「退職届はいつお出ししたらよろしいでしょうか？」

　どうだ！と酔いしれたのもつかの間、言ってしまったという後悔が数段勝った。

「ご存知かと思いますが、退職を決められたのであれば、社の決まりでパソコンデータはこちらで管理させていただきます。トラブルを避けるためにそうさせていただくことをご理解ください。ＩＤカードは返却していただき、私物は郵送させていただきます」

　山沖は眉ひとつ動かさず、深々と一礼して部屋を出た。

　魂が抜けたように何も考えられなくなり、この部屋の景色さえ目に入らない。足の裏を床に押しつけていなければ、体ごと宙にもっていかれそうな感じだ。

　失意の中で萩原に何度もＬＩＮＥをしたが一向に既読されない。メッセージにも用件を入れた。繋がらないと知りつつ電話番号を何度もリダイヤルした。どれもこれも音信不通。酷使され続けたスマホがたまらず熱を出した。

　廊下から慌ただしい足音が聞こえる。無心で働く人々が幸せそうに思えてならない。今ならこの世で一番不幸だという自信がある。恋人と別れさせられることと、この会社を去らなければならないことだけがまぎれもない現実だ。

その日の帰り道、有希はむしゃくしゃした気持ちを拭《ぬぐ》いきれずに、サラリーマンがごった返す渋谷の路地裏のラーメン店に入った。恋人と職場をもぎとられた喪失感を、やけ食いで埋めたかったのだ。

薄汚れて褪色《たいしょく》した暖簾《のれん》をくぐると、カウンターには丸い背中をした男たちが一心不乱に丼《どんぶり》に顔を近づけ、ずずっと音をたてていた。消し忘れた煙草《たばこ》の煙が湯気と混ざって独特の臭《にお》いを放つ。調味料を載せたトレーが油でべとべとしていた。

ミニスカートの膝元にハンカチを置きカウンターに頬杖《ほおづえ》をつくと、胸元の大きく開いたブラウスから豊かな胸の谷間が覗いた。サラリーマンたちが目のやり場を探すようにメニューを見つめた。

「塩ラーメン」

さほど特徴はないが、やさしい味が有希の心をくすぐる。笑っちゃうぐらいずるずると音をたてて啜《すす》ったら泣けてきた。

「しょうゆラーメン」

一気に食べ終え、また注文をした。

客たちが耳を疑い有希を見る。しくしくと洟《はな》を啜る有希に「大丈夫ですか」と店主が声をかけた。

肩を震わせながら嗚咽《おえつ》する有希を気遣ったのか、客たちは麵《めん》を啜る音を抑えた。

なんでいつもラーメンなんだろ……。父親が家を出て行ったときも二度目の恋に破れたときも、希望の会社に不採用になったときもラーメンだった。

今日と同じで涙を流しながら。そういえば萩原との最初のデートも、シメはラーメンだった。西《にし》麻布《あざぶ》でイタリアンを食べて紀尾井町《きおいちょう》のホテルのバーで飲んで、風が気持ちいいからと外へ出て見つけた弁慶橋《べんけいばし》近くの屋台のラーメン屋。そのときも塩ラーメンだった気がする。

もっとも食べきれなくて半分近く残したけれど。そしてもういちどホテルに戻った。それからも、萩原とは数えきれないぐらいラーメンを食べた。

〝一緒にラーメン啜れるって、特別な関係なんだよ〟。思いだしたくない言葉まで蘇った。

「へい、お待ち」

無関心を装い、店主が威勢のいい声でしょうゆラーメンをかざした。

うな垂れる有希に、店主が丼をそっと置く。カウンターにぽたぽたと涙が落ちて小さな水たまりになった。

有希は二杯目のラーメンをむさぼった。

「悔しい。でも、おいしい」

客の誰もが有希を盗み見ていた。

3

翌日から、有希は会社へは行かなくなった。もちろん萩原からは連絡もないままだ。クライアントからクレームが入らなかったのは、別の誰かにスケジュール管理をさせていたからだろう。すべてが自分を辞めさせるための罠だったと確信した。

怒りとか悔しさとか、そんなものはどうでもよくなった。つい昨日のことなのに、ずいぶんあきらめがつくものだ。人間は強い生き物だと思う。有希はもう、社長秘書でもこの会社の人間でもない。有休を消化しながら退職日を待つ、恋人に捨てられたみじめなＯＬだ。

二週間の有休消化を十日過ぎた頃《ころ》、会社から封書が届いた。そこには勤続功労金という名目の額面が記載されていた。有希には驚くような数字だった。

これが手切れ金というやつか。金の切れ目が縁の切れ目とはよく言ったものだ。心の片隅にしがみついていた萩原への思いが一気に霧散する。別れを切り出すこともできず、逃げ隠れるような真似をして、身辺整理のために大金を握らせて、それが男のやることか。

微《かす》かに怒りも覚えたがそれほどのことではない。むしろその怒りは、情けない男に惚れた自分に向けられた。すべてのことが馬鹿馬鹿しくなる。有希はソファに仰《あお》向《む》けに寝転び大声をあげて笑った。


退職後、気分転換に一週間ほど台湾《たいわん》へ旅行をした。ひとり旅ははじめてだったが、誰にも気を遣わずに羽を伸ばすことができた。地元の男たちが言い寄ってくる。私もまだ捨てたもんじゃないと有希は思った。日本人観光客にもナンパされたが無視した。あまりにしつこくされた男とは、空腹だったこともあり一度だけ食事をしたが、そこまで。恋愛観はフレキシブルだが尻軽女じゃない。

毎晩ひとりで夜市に出掛けてはひたすら雑踏の中を歩く日々。この旅の収穫はといえば、新種のスイーツをいくつか食べられたことと苦手だった香草料理を克服したことぐらい。ラーメンは化学調味料が強すぎて食べられたものじゃなかった。

かれこれひと月以上無職のままだが、そろそろ退職金も振り込まれそうなので心が大きくなっている。退職願いを出したが会社都合ということで処理され、失業保険ももらえることになった。となればしばらくは働く気にもなれず、かといってやることがないので、久しぶりに実家に帰ることにした。

「なにぃ？　どうしたの、いきなり帰ってきて」

連絡もせず実家に帰ると、母親の玉枝《たまえ》が目を丸くして驚いた。

玉枝は有希が中学のときに離婚した。有希の父親が女をつくって家を出たのだ。それからは有希とふたりで暮らしていたが、有希が東京の短大に行ってからはずっとひとり暮らしだ。還暦を前にして、鈍《なま》っていた体を動かすためにフラダンスを始めたと聞いたが、体型を見るかぎり成果は出ていない。好きな料理を生かして、いつかは小さな店を持ちたいと思っていたが叶わないまま二十年以上給食センターで働いている。

「なんで連絡してこんの。お母さんがおらんかったらどうするんやね」

「鍵《かぎ》もっとるから大丈夫。それよりなんか食べる物ある？」

「なんやねこの子は、いきなり帰ってきたと思ったら、食べ物ない？って」

「お母さん管理栄養士やろ？」

「それとこれとは別。あんたの都合どおりにはいかへんの」

「じゃあいい。コンビニでなんか買ってくる」

「ちょっと待ちんさい。なんかつくったるで」

玉枝が髪の毛を束ねながら冷蔵庫を覗き込んだ。

「あかん、なんにもないわ」

玉枝が眉を寄せてかぶりを振った。

「お母さん」

「なにぃ、お腹《なか》、空《す》いとるんでしょ?」

「うん、そうやなくて……」

「だったらなにぃ?」玉枝が面倒くさそうな顔をつくった。

「あのね、会社辞めたの」

「ふうん」玉枝は驚きもせずシンク上の棚を開き、「レトルト商品も切れとるわ」と腰に手をやった。「こないだ生協さんにたんと持ってきてもらったのに、いつの間に食べてまったんやろ」

ひとりごとのような玉枝の言葉に力が抜ける。玉枝は棚という棚を掻き回している。

「あかんわ。なんにもないでラーメン食べに行こ」

ラーメン? とは言えない。玉枝は滅多に外食をしない。昔からずっと「外食は贅沢」と言っていた。それでも家に食品がないことにかこつけて、久しぶりの外食に誘ったのだ。冷蔵庫の中にそこそこ食材が入っていたことも有希は見逃さなかった。そんな玉枝をいじらしく思いながら、「美味《お》しい《い》お店しか嫌やよ」と有希が口を尖《とが》らせた。

「近所にできたラーメン屋さん。テレビでも紹介された話題のお店なんやよ。まだ行ったことないけど本格的やって評判らしいの」

「何ラーメン？」

「知らんけど、よう流行《はや》っとるみたいやで、並ばないかんかもしれん」

「ほんなら早よ行こ」

有希がさっき脱いだばかりのカーディガンを羽織った。

「あんた、こっち帰って来たらすぐ岐阜弁に戻るんやねぇ」

「バイリンガルやでね。ほら、電気消さんと」

「ひとり暮らしのおばさんには点《つ》けといた方が用心でええの」

化粧もせず突っ掛けを履いて外出する玉枝に呆れていたら、自分もノーメイクなことに気づいた。まいっか、ここは青山ではなく岐阜の片田舎だ。誰かに会うこともないだろうと思いながら、玉枝と腕を組んでラーメン店に向かった。

評判通り、味はなかなかだった。これでもラーメンのことはそこそこ詳しい。鶏《とり》がら出汁《だし》の塩ラーメンはあっさり味だが、ちぢれ麵にスープが絡んで口の中で旨味《うまみ》と甘味が広がった。玉枝が頼んだチャーシュー入りしょうゆラーメンも意外にさっぱりした味で、玉枝と顔を見合わせてうなずいたら、店主らしき男がまんざらでもない顔でにんまりとした。

右手の肘《ひじ》から手首にかけて欧文で彫られたタトゥーが見える。左手にはドクロがあった。店内にはヒップホップが流れていて、見かけとのギャップに打ち負かされた。

「これ、あんたん会社《とこ》の社長さんやない？」

玉枝が棚の上のテレビを指した。隣にはグラビアアイドルから転身した女優が座っている。電撃入籍と書かれたテロップの横で、照れ笑いする萩原の姿があった。

「間違えた、元会社の社長さんやったね」いきさつを知らない玉枝が笑いながらレンゲでスープをすくった。

照れ笑いを浮かべる萩原に、わざとらしいため息を吐《つ》いた。

「なにぃ、どうしたの怖い顔して？」

「なるほどね。そういうことか」

ひな壇のふたりにレポーターが質問を投げかける。

「プロポーズはどこでされたんですか？」

萩原と女優がだらしない顔で見つめ合い、女優がマイクを握った。

「それがぁ〜、ラーメン屋さんなんですよぉ〜」

「ラーメン屋ですか？」

レポーターが大袈裟《おおげさ》なリアクションをとり、ふたりが笑いながら見つめ合った。

「ボクたち、意外と庶民派なんですよ」

鼻の下を伸ばした萩原に忘れたはずの怒りが沸々《ふつふつ》と込み上げる。もはや映像など目に入らない。

「冗談じゃないって」

カウンターに爪《つめ》を打ちつけ、怒りを抑えられなくなった。

「ふざけんなっつってんだ、バカヤローー！」

有希のいきなりの怒声に店内が騒然となった。玉枝が目を丸くして有希を凝視する。強面《こわもて》の店長が、「なにか失礼をしましたでしょうか」とおどおどしながら機嫌を窺った。

「関係ありません！」

有希が店長を睨みながら怒鳴るように言った。

見かねた玉枝が、何度も頭をさげながら有希を諭す。

「なにがあったって言うの？」

「だから関係ないって言っとるやろ！」

そう言い放ち、荒々しく店を出ようとする有希においてけぼりにされまいと、玉枝が慌ててバッグから財布を取り出した。

「ご迷惑をおかけしてすみませんでした。おいくらですか」

「券売機ですのでお代はいただいています」

詫《わ》びるような店長に、玉枝が何度も頭をさげる。

「ちょっと、有希、待ちなさいって」

玉枝の声を背中で聞き、有希はどたどたとお尻《しり》を振りながら家路を急いだ。瞼《まぶた》にしがみついている涙を、意地でも落とさないように歯を食いしばりながら。


翌日、有希は何度も目が覚めたが布団から離れなかった。八時前に「行ってらっしゃい」と玉枝を送りだしたことは覚えている。マンションの五階にある実家は東向きで、周りに陽射《ひざ》しを遮る建物がない。引っ越したばかりの頃、薄手のカーテンでは陽射しを遮れず、眩《まぶ》しさに起こされたことを思いだし、昼ちかくになり母親のベッドの横に敷いた布団からようやく抜けだした。

居間のテレビを点けると、ワイドショーで昨晩の会見が流れていた。起き抜けから気分を損ねられ荒々しくレースを引いて陽射しを遮る。昨日は興奮してよく話を聞かなかったのでじっくり聞いてやろうとソファでクッションを抱いた。

犬も食わないようなのろけ話がだらだらと続く。女優といっても大して美人でもない。鼻は低いし胸も小さい。二重まぶたはきっと整形だ。アイドル総選挙で神シックスに入れたのは、どうせ組織票だろう。

月9のドラマで観《み》たことがあるが棒読みもいいところ、小学生の学芸会より酷《ひど》かった。ヒロイン役の女優と同じ事務所だからバーターに決まってる。この冴《さ》えない女優と同時進行だったのかと思うと心底落ち込む。

心の声の醜さが有希をさらに落ち込ませる。嘘《うそ》であってほしいという微かな願いは「半年間の交際を経て」という萩原の言葉で打ち砕かれた。

少なくとも萩原には自分を含めて三人の女がいたことになる。顔も知らない元同僚の女もこの会見を観たのだろうか。萩原の文句を肴《さかな》に一緒に飲んでみたいと、うっすらとした仲間意識が芽生える。

「我が社は来期より株式公開いたします」

いかにもな顔で萩原が言う。うつむいてしおらしいふりをする女優に無性に苛立《いらだ》つ。こんな思いをしてまでなんで観てるんだと、自分に文句を言った。

「チャレンジですよ」

レポーターに持ち上げられて萩原が相好をくずした。

「ケジメですからね。今のポジションにあぐらをかかずに挑戦し続けますよ」

〝ふざけんなっ〟。怒鳴り声が部屋中に反響した。

「何か新しい事業をはじめられるのですか？」

「飲食事業に参入したいと思っています」

「それはどのようなことでしょうか？」

「ラーメン店です」

うそでしょ？　思わず耳を疑った。

「ラーメンは今や日本の国民食であり、世界的にも大人気です。夢のある事業ですし、挑戦する価値があると思います。プロポーズもラーメン店でしたしね」

脳天を金槌《かなづち》で打ちつけられた感じだ。衝撃で目の前に星がチラつく。

「萩原社長にとってラーメンは、なにかとターニングポイントになるのですね」

「恋人にプロポーズできるような、今まではないお洒落《しやれ》なラーメン店をつくります。ラーメンと同じで、想《おも》いがのびのびにならないように頑張りますよ」

テレビにリモコンを投げつけてやろうと思った。下手なオチまでつけて、なんだこの有名人気どりは。怒りを通り越して呆れてきた。よくもまぁこんな男と付き合っていたものだとため息がでる。

それにしてもなんでＩＴ企業の経営者は女優と結婚したがるのだろう。成金趣味だと言ってやりたい。隣の三流女優の顔に、〝性悪です〟と書いてあるのが見抜けないのか。すぐに離婚して莫大《ばくだい》な慰謝料を払うのがお決まりだ。ひな壇で鼻の下を伸ばす萩原が憐《あわ》れに思えてきた。

「あっ！」

有希の脳裏《のうり》に閃光《せんこう》が走った。

ちょっと待って。呑気《のんき》にテレビなんか観てる場合じゃないって。私、いま、テレビを通して侮辱されてる。しかも全国放送で。〃お前と別れた理由はこの女と結婚するためでした〃って、コレって公開処刑みたいなもんじゃん。

寝ぼけまなこが急激に吊《つ》り上がる。息が荒くなり手のひらに汗が滲んだ。手切れ金を萩原に投げつけて、ふざけんなと叫んでやりたいけれど、生き恥を晒《さら》すだけだ。苦労をかけた玉枝に合わせる顔がなくなる。恋愛詐欺だと訴えても会社はあの手この手で事実をもみ消すだろうし、この先に待っているであろう良縁をみすみす放棄するようなものだ。勤続功労金は口止め料以外のなにものでもない。

くそーっ、復讐《ふくしゅう》してやりたい。なんなら口止め料の千五百万円を軍資金に充《あ》ててやる。煮えくり返る腸《はらわた》に、落ちつけと深呼吸したら涙がでた。心のどこかに、ほんの少しだけ期待していた気持ちが無惨にも消されていく。怒る気力さえ奪われ、失意で心が空っぽになっていく。この空洞は、また厄介な感情で満たされてしまうのだろうか。

「あーっ、馬鹿馬鹿しい」

大声を出したらお腹が空いた。ラーメンでも食べに行くかって、昨日ラーメン店で大暴れしたばかりじゃないか。ラーメン店はアイツが三流女優にプロポーズして、これから事業進出しようとする鬼門だぞ。あっ、また愚痴ってる。あんなゲスの極みのことを思うだけで感情がもったいない。

あーっ、でもラーメン食べたい。これだけは感情とは別物だ。

「ラーメン食べたいんだってばー!」

ふーっ、こんなときにラーメンって、我ながら呆れる……。待てよ……ちょっと待って……ラーメン……ひょっとしたら……それってありかも……。そう！　ラーメン！　ラーメンだ！

これならアイツを見返してやれるかもしれない。アイツがチェーン店をつくるなら、私はオンリーワンでナンバーワンのラーメン店をつくってやる！

短絡的な考えであることは百も承知。それでも身体の内側から力が漲《みなぎ》り、空洞になった心に熱いものが注がれていく。くよくよする気持ちから抜けられなかった自分に、前を向け！って、もうひとりの私が思いっきり頰を引っぱたいた。

憎しみがやる気に変わるって、こういうこと？　心の中で仁王立ちするもうひとりの自分とハグをした。私はやる！　何が何でもラーメン屋だ！　くそー！　絶対に見返してやる！　これが私流のリベンジだ！

いてもたってもいられずに書き置きを残して実家を後にした。しばらくはゆっくりしていくと思っていた玉枝はがっかりするだろう。私鉄を乗り継いで名古屋駅から新幹線に乗ったところで玉枝からＬＩＮＥが届いた。

〈今日はすき焼きやよ。飛驒牛《ひだぎゅう》のＡ５ランク！〉

覚えたばかりのＬＩＮＥの文字が弾んでいる。絵文字まで使っていた。

〈ごめん、急用できたから帰るね！〉

玉枝の落胆する顔を浮かべながら、無理をして素っ気なく返すと、〈了解しました〉と返信がきた。せめて「！」マークぐらい入れてよと、胸がしめつけられる。これ以上返信したら、また泣いてしまいそうだ。

東京に戻ってから一ヶ月。有希は連日猛暑日を記録する異常な夏に、グルメ誌や専門誌を読みあさり、一日二杯のノルマで人気店をしらみつぶしに巡っている。これまでにも何度か足を運んだことはあるが、今は趣味ではなくリサーチだ。〝美味しい〟と感嘆の声を漏らすのが目的ではない。いでたちはジーンズにスニーカー、髪はバッサリ切った。タイトスカートにピンヒールはしばらく封印し、ナチュラルメイクでアイラインも引かない。

とんこつ、しょうゆ、塩、味噌《みそ》、魚介系、鶏がら、スープの種類をあげたらきりがなく、麵の打ち方も千差万別。たまご麵、ちぢれ麵、平打ち麵、細麵、太麵、極太麵、どれがベストかはなかなか決められないが、とりあえずはひと通り食べ歩いている。前々職時代の同僚がラーメン通だったことを思いだし、SNSを辿《たど》ってコンタクトをとり情報を求めると、〈なんでもかんでもトッピングするのは邪道。トッピングはラーメンの完成度を左右する大切な脇役《わきやく》。基本はチャーシューと味付けたまご。食べ歩くならスープはレンゲで四杯まで〉と伝授された。

やみくもにトッピングするとスープの味が台無しになり、海苔《のり》の入れ過ぎもスープの味を変えてしまうのだとか。以前、とんこつラーメンに卓上の高菜を入れ過ぎて何の味だかわからなくなったことがある。満腹になると味覚が鈍るからと、スープを残したまま席を立つのは気が引けるが、店主の顔色に左右されてはいけない。これは仕事なのだ。

とんこつ系や味噌系、こってりした魚介系は、味が濃く深みもあり、味覚を刺激しすぎるため、一杯目はあっさりした塩やしょうゆ、鶏がら系から入る方がいいと聞いた。日々、LINEで情報を送ってくれる元同僚の教えを守り、この一ヶ月でさまざまな種類のラーメンを食べ歩いたが、コレだ！というラーメンには巡りあえていない。あっさりした古典的なしょうゆラーメンが好きだったが、これだけ食べると微妙に違う旨味やコクに味覚が惑わされ、自分の舌がわからなくなる。

正直、食べ飽きてラーメンそのものが嫌いになりそうだ。そもそもなんでラーメン？　と弱気になるたびに萩原のニヤけた顔が脳裏を過《よぎ》る。

〝お前を見返してやるためだよ！〟と活を入れ、またラーメン店の暖簾をくぐる日々。近頃は食べなければならないという強迫観念からかラーメンの夢まで見るが、越えなければならない壁だと言い聞かせている。

〝あーあ、明日もラーメン二杯か〟。ひと目を気にしながら少しポッチャリしたお腹をつまんで腹を括《くく》る。この辛《つら》く長い旅路はいつまで続くのだろう。

4

〈大江戸麺《おおえどめん》づくり学校っていうのがあるの知ってる？〉

起き抜けにＬＩＮＥしてきたのはヨナだった。ヨナは前職在職中にただひとり友人と呼べた同僚だ。在日韓国人のヨナは国立大の理工学部を出た才女で、外資系ＩＴ企業でキャリアを積んだあとヘッドハンティングされて萩原の会社に就職した。プログラミングによるデータ解析が専門だが、その仕事内容は何度聞いてもピンとこない。何度か説明されたが、有希のちんぷんかんぷんさに見かねたのか、それ以来いっさい仕事の話はしなくなった。

地味で化粧っけもなくザッツ理系女《りけじょ》のヨナは、クソ真面目を画《え》に描《か》いたような女だが、いつか自分をお城へ連れ去ってくれる羽生《はにゅう》選手のような王子様が現れると信じる乙女でもある。ちなみに有希とおなじ三十四歳、恋愛経験はごくわずか。有希と萩原の関係を知る数少ない人物だ。しばしLINEでやりとりしていたが、文面が長くなると思ったのだろう、ヨナの方から電話に切り替えてきた。

「社長がラーメン業界に進出するっていうから調べていたんだけど、ラーメン店での修業とは別に、ラーメンづくりのノウハウが学べる学校があるの。いろいろあるけど、ここが一番優秀だと思う」

「それっていつから調べてたの？」

「半年ぐらい前から。ラーメンに関するあらゆる情報をリサーチしてたから」

「半年も前から？　秘書の私がテレビの会見で知ったっていうのに、なんで教えてくれなかったのよ」

「守秘義務だからよ。それぐらいわかるでしょ、秘書だったんだから」

友人だからと言ってなんでも喋《しゃべ》る女ではない。ヨナは有希よりずっと秘書向きだ。そんなところにも有希は一目置いている。

「で、本題。ラーメン店を出店するにはお店で修業するのがセオリーだけど、ラーメンのつくり方だけではなく経営者として学ぶことも大切だと思うの。特にあなたは直情的で、目の前のものだけにしか目が行かないから。お店で修業をする前に、ラーメンをビジネスとして捉えることから勉強するべきだと思う」

「なにが直情的よ」

「じゃ理知的？」

「これでも会社を支え続けた内助の功的な辛抱強さもあるんだから」有希がそれとなく会社への貢献度を匂《にお》わせた。

「はいはい。わかったから、話を進めるわね」

唇を尖らせながらもヨナの話に聞き入るうちに、なるほどと思った。なんでもかんでも修業すればいいという時代ではなく、目的に応じて学習するのが賢い選択だと。

そもそもラーメンで萩原を見返そうと思ったまではいいが修業先の当てなどなく、自分がつくりたいラーメンも見つかっていない。ラーメンという輪郭をぼんやり浮かべただけの有希にとって、ヨナの提案ははじめの一歩にふさわしいものだった。

「それで萩原はどんなラーメン店をやろうとしているの？」

「それは言えない。守秘義務だから」

「そういう堅物なところがあるからモテないのよ」

「フラれた腹いせにリベンジしようとしているあなたに言われたくないわ。これでも私は情報提供者よ。少しぐらい感謝しなさい」

ヨナとの電話は、決まって憎まれ口の言い合いとなる。どちらにも悪意はない。生ぬるい言葉よりもむしろ心地よい。

「守秘義務はあるけど、私は有希の応援団だからね」

最後にはこんな言葉で心を温めてくれる。ヨナは大切なともだちだ。

早速、請求して届いた資料に目を通す。大江戸麺づくり学校はラーメンのみならず、うどんやそばのつくり方も学べる総合的な麺づくりの教育機関で、『人生を変える短期講座～わずか十日間で理想のラーメンがつくれるようになる』というコピーに心が揺れた。受講料は高いが十日間でラーメンづくりのノウハウが学べるならと決断した。何度も通ったことがある有名チェーン店の創業者が卒業生だと知ったことも心強い。『開業してからが本当のお付き合い』という見出しにも誠意を感じる。有希は迷わず願書に名前を書き入れた。

工場の跡地を再利用したような古い建物。屋根にはトタン板が使用されている。隅田川《すみだがわ》沿いにこのような建物は珍しくないが、ここが大学かと思うと不思議な感じだ。元々うどんの製麺工場だと知って納得した。

突然、川風が吹いて、遊歩道のOLたちがスカートを押さえた。しばらくスカートを穿《は》いていないことに、有希はあらためて気がついた。

同期入学した二十人の中で女性は有希を含めて二人だけ。中学を卒業したばかりの男子から定年退職した元サラリーマンまで実にさまざま。校長とよばれる恰幅《かっぷく》のよい中年男性が受講生全員に夢を語らせた。誰もがラーメン店での成功を夢見て熱弁する中、初老にさしかかった男性が毅然《きぜん》とした声で語った。

「私の目標は一人前の人間になることです」

直立不動のくそ真面目っぷりに周囲から失笑がこぼれる。椅子《いす》にふん反りかえった若者が茶茶を入れた。

「今までは一人前じゃなかったんすかー」

臆《おく》することなく男が続ける。

「人生は一生勉強です。私は六十七歳になりましたが、まだまだ半熟たまごです。半熟たまごというのは、ラーメンにかけました。わははは」

失笑さえ起こらず空気が固まる。男は「藪中鉄治《やぶなかてつじ》です」と力強く名乗り、茶茶入れした男とは対照的に背筋を伸ばして座った。

最初の三日間はマネジメントを学ぶ。ラーメン職人になると同時に、店舗経営者になるためのノウハウだ。生徒の中にはマネジメントだけを学びに来る者もいる。職人としてではなく経営者としてのスキルを伸ばすためだ。ラーメン店主を目指す者は、性格的に自己陶酔型が多く、手前の味自慢になる傾向が見られ、それが店舗経営の落とし穴になると言う。

「ラーメンの評価はつくり手のエゴイズムとイコールではありません。食べていただくお客様が判断するものです。一日に千杯以上をご提供する繁盛店もありますが、その一杯一杯が審査されるのです。一杯目のラーメンと千杯目のラーメンで同じ味を提供できなければ店は長続きしません。麺が伸びたりスープが冷めることも許されません」

穏やかそうな校長が頑固な職人の顔になる。聞けば、二度ラーメン店を閉店させ、根本的な経営理念から学び直してから出店した三軒目のラーメン店で成功。人気店となっても店舗を拡張せず、ラーメン店を志す者を支援するために麺づくり学校を立ち上げたという。

成功者の話よりも失敗した者の話の方が説得力があるのは世の常だ。長年、有希が萩原の話に共感を覚えなかったのは、彼が大した失敗や苦労をしていないからだ。

「願書を拝見しましたが、門阪さんがいらっしゃった会社は、このたびラーメン業界に進出されますね。良いチャンスだったのに、どうしてお辞めになったんですか?」

余計なことを聞くなよと思いながら「校長先生のように苦労がしてみたくて」と笑顔で返した。

「全力で応援しますよ」

両手で肩を摑《つか》まれ揺すられた。セクハラ癖があるのかと評価が急降下する。Vネックの半袖《はんそで》ニットを着たことを後悔した。

これから三日間、ひたすら講義を聞くのは辛いものだ。講義が子守唄《こもりうた》に聞こえて船を漕《こ》いでしまいそうだが、その都度、萩原のニヤけた顔を浮かべて眠気と戦った。自分の集中力のなさに嫌気がさす。元来勉強が嫌いで、大人になれば解放されると思っていたが大間違いだった。勉強はこれで最後にしたいと眠い目をこすり、その日、三講義目を迎えた。

「おとなり、よろしいでしょうか」

あの初老の藪中だった。藪中は年季の入ったリュックから教材を取り出し、数冊の本を机に置いた。机を覗き見ていると、「コレですか」と藪中が数冊の本を手に取った。

「これは日本のラーメンの発祥とされる『竹家食堂ものがたり』。こちらがラーメンそのものの誕生から書かれている中国の文献を翻訳したもの。現在は欧米でもラーメン本が出版されていて、日本での食べ歩き本も数多く出ているんですよ。ほら、コレもそうです、『ラーメン列島食べ歩き紀行』」

山積されたラーメン本を眺めながら、毎日これだけの本をリュックに詰めて通うのかと感心した。気怠そうな受講生の中で藪中だけが少年のように目を輝かせている。うかつに話しかければ延々話を聞くはめになるかもしれないから注意しよう。

どの講義も講師陣が熱弁する。あくびをしていた高校時代の先生とは雲泥の差だ。額に汗する姿にラーメンへの並々ならぬ情熱を感じる。

　ラーメンはスープが命というけれど、それだけでは通用しない時代。スープと麺がマッチしてこそラーメンは評価される。合わせ技なのだ。行列ができるような人気店のほとんどがこだわりの麺を発注し、自家製麺をつくっている店も少なくないらしい。数ある小麦粉の中から最良のものを選びブレンドして、加水率を考えたりコシの強さを計算したり、あれもこれも。深い知識と麺の特性を把握していなければ理想の麺は完成しない。

「ラーメンづくりに分業化はありません。スープづくりと麺づくりに分けたとしても、ラーメンそのものを知り尽くしていなければ、スープも麺も共倒れになってしまいます。丼の中のすべてのものが調和してはじめて、一杯のラーメンが誕生するのです」

　講義が進むにつれてラーメンの実体が見えてくる。一杯のラーメンにはいくつものこだわりと技術や経験が詰め込まれているのだ。わかりきっていたことだが、力説されすぎるといささか押しつけがましい。社長秘書だった有希がオフィスを離れてラーメン店を経営しようとしているのだから無理もない。夢を描くのは勝手だが、その前に筆は買ったのかと問われているようだ。小さなため息に弱気が覗く。

　藪中が音をたててノートをとっている。見ればびっしりと文字が敷き詰めてある。視線を感じたのだろう、藪中が有希に目をやった。

「年寄りはすぐ忘れてしまうからこうしてメモをとるんですよ。備忘録です」

「勤勉なんですね」

「もう失敗できませんからね。昼ごはんのあとにでもお話ししませんか」

「では、のちほど」流れで約束した。

麺づくり学校だけあって食堂ではラーメン、そば、うどんと麺を中心としたメニューが販売されている。つくり手は麺づくり学校の実習生で、商売人さながらに威勢のよい声が飛び交っている。険しい顔で味の品評会をする者たちと一緒では落ちついて食べられない。有希はラーメンマニアのピリピリした空気感がどうにも馴染《なじ》めない。

持参した弁当を中庭で広げ、講義中に禁止されているスマホを解除した。ＬＩＮＥを開いたが誰からもメッセージはなかった。友人たちが、リア充感満載のランチメニューをインスタにアップしている。中華料理がターンテーブルで回転している動画もあった。

はいはい、どうせ私は冷めたコンビニ弁当ですよと、ひとりごちる。

教室に戻った有希を、藪中が待っていた。

あっ。有希は、ついさっきの約束を失念していた。会釈をしながら藪中の隣に座ると、藪中が早々に話しはじめた。

「今から二十五年前ですね。バブル景気が終わった頃に脱サラでインポート物の洋服の卸業をやりましてね。これでもファッション業界でやってきたんですよ」

そう言って、藪中はおよそファッションからは縁遠いくたびれたワイシャツの襟を正した。

「商社マンにだまされて、倒産寸前のメーカー品をごそっと買い込んで、そのまま不良債権ですよ。買い付けて間もなく、安売りショップで半値以下で売り叩くより仕方ありませんでした。聞いたことあるでしょ、フェデリコ・フォルトニーノ、いわゆるＦＦですよ」

有希は申し訳なさそうな顔をつくった。一時期絶大な人気を誇ったＦＦは、チーマー崩れのような若者たちがこぞって着てイメージダウンしたイタリアの有名ブランドだ。少年犯罪が報道されるたびに映し出されたロゴマークは不良のマストアイテムとして取り上げられ、日本が下げたブランドイメージはイタリア本国でもトレンドシーンから追いやられた。

皮肉にも、今では朽ちたブランドをパロディとして着るのが若者たちの間で流行している。彼らが着ているＦＦのＴシャツは、一時期は二万円もする高級品で、なかなか入手できなかった代物だ。

「そのあとには健康食品の会社をはじめました。一錠で各種ビタミンやカルシウムなどすべての栄養素が摂《と》れるというオールインワンのサプリメントです。何度か商品説明のセミナーに参加して、成功した人たちの体験談を聞くうちに、これは儲《もう》かるんじゃないかと思ったのですが、そうはいきませんでした。製品に厚生労働省の認可する基準に満たない点がいくつかありましてね。専門機関が調べたところ、まったくデタラメな成分が検出されて、あっという間におじゃんですよ。タイミングが悪かったですね。友人と会社を興し、大金を注《つ》ぎ込み代理店契約したばかりだったから。その友人とは疎遠になりました」

失敗の数々を事も無げに言う藪中が、逆に大きく思える。そもそも脱サラで二度も会社を興しただけでも尊敬する。きっと年収ウン千万のエリートだったに違いない。好奇心のあまりつい余計なことを聞いた。

「どちらにお勤めだったんですか？」

「小さな繊維会社です。従業員十五名ほどの」

「へぇ～」落胆を隠すように語尾を持ち上げてから、「でも二度も会社を立ち上げられたんだからすごいですよね」とフォローした。

「幾分、遺産がありましてね。代々、実家が所有する土地に高速道路が通ったおかげで。私の相続分をすべて注ぎ込みましたが、あっというまに借金に化けました。わっはっは」

間の手も入れられず、ただうなずいた。

「いろいろと失敗をしてきましたが、ようやく原因がわかったんですよ。私は手を伸ばしたすべてのビジネスについて実態を摑んでいませんでした。サラリーマン時代はともかく、ファッションブランドもサプリメントも、製品や商法そのものを詳しく理解しようとしなかった。どれだけ素晴らしい商品かというより、どれだけ売れるかという私欲に走り妄想だけを膨らませてしまった。汗をかかずに、頭の中でそろばんをはじいていたんですよ。正直に言って商品に思い入れもなにもありませんでした。儲かればどんな仕事でもよかったんです」

「どうしてラーメンを?」

「初めて一から、いや、ゼロから自分でやれる仕事をしたくなったんです。自分ひとりで一杯一杯こさえるラーメン屋なら人に騙《だま》されることはありませんからね。失敗しても言い訳のしようもないじゃないですか。そういう仕事をしてみたかったんです。とはいえ還暦をとうに過ぎてますし、気づくのが遅いですよね。ははは」

「遅すぎませんよ。遅すぎることなんて、絶対ないですって」

有希が言葉に力を込めた。自分より三十年以上も長く生きている人間が、前向きに生きていることにエールを送りたかったのだ。

同時に中学生の頃に出て行った父親の姿を重ねた。もう二十年近く会っていないが、年齢はきっと藪中と同じぐらいだ。白髪や顔のシミや皺《しわ》もきっと同じぐらいで、頭は禿《は》げて腹もでっぷりと突き出しているだろう。記憶にある父親は、ヒッチコックのような体型だった。思いだすほどに怒りが込み上げ、毎日食卓を囲んだ思い出も消し去りたくなる。どこでどうしているのか知らないが、死ねばいいのにと思ったこともあった。

あいつは女をつくって母親と私を捨てた男だ。別れ際に茶封筒に入れたわずかばかりのお金は、「こんなもん要らんわ」と言って母がくしゃくしゃにして投げつけた。ラーメンにチャレンジすることによるリベンジは、萩原だけではなく、父親にも向けられているのかもしれない。有希は藪中の顔を眺めながら、過去に思いを巡らせた。

「まだ遅くないと信じます。そうですよね、門阪さん」

藪中が口を結び、同意を求めた。

「そうですよ。一緒に頑張りましょう」

藪中が目を潤ませる。周囲の視線を感じた有希が、その場をおさめようと藪中の肩を叩くと、藪中が両手で有希の手を拝むように握りしめた。

「はい。今度こそ頑張りますよ」

場違いな光景に周囲から好奇の視線が注がれたが、顔を紅潮させて声を振り絞る藪中を見ているうちに、周りなどどうでもよくなった。有希は手を握り返していた。心なしか、周囲の目も柔らかいものになった気がする。それにしても入校初日から、なんなんだこの感動的な場面は……。

麺づくり学校は、店舗設計のコンセプトとそれに伴うメニュー構成、細部にわたる店舗づくり、人材、資金調達からマネジメントまでびっしりと叩き込む。どの講義も経営者を育成するという目的で、そのベースには数十年間蓄積されたノウハウがある。店舗を構えた場合に、どれだけの利益が出るかをシミュレーションで把握し、利益が伸びない店舗に想定される原因を事前に教示する。

このようなてんこ盛りの講義を三日間で詰め込むのだから集中力がなければ頭には入らない。居眠りをしたら叱責《しっせき》されるというスパルタな一面もあり、目つきの悪い少年たちは重いまぶたを必死で持ち上げている。パソコンとプロジェクターを利用して、やたらカタカナ言葉を多用する今どきの講義は、藪中のような高齢者にはチンプンカンプンだろう。ＩＴ企業で働いていた有希でさえ頭の中は混線しっぱなしだ。

「未来は拓《ひら》かれるためにあります。未来の扉を拓く鍵は、夢です。どれだけ成功したいかという気持ちが、夢の扉を拓く原動力となるのです」

校長の熱弁は、どこかのビジネスセミナーで聞いたことのあるようなものだったが、受講生たちは目を輝かせて拍手を打ち鳴らした。眠そうだった若者の目もしっかり見開かれている。有希もまた、成功できるような気になった。

「私はもう後戻りができません。どうか繁盛店が持てるようにご指導ください」

立ち上がって懇願する藪中に、また好奇の目が集まる。

「ここにいるみんなで成功しましょう。そのために我々がいるのです」

うまくまとめた校長に万雷の拍手が起こった。

四日目。講義詰めのカリキュラムから解放され、ようやく実習がはじまった。体育の時間のように気持ちが切り替わり、エプロンをキュッと結んだら気持ちが引き締まった。

まずは麺づくりから。いきなり「どんな麺でも自由自在に製麺できる」という講師の言葉が妙に嘘っぽい。なんでもすぐには信じない慎重さが有希にはある。ただし恋愛を除いては。

小麦粉の基礎知識、製麺理論、製麺技術、茹《ゆ》で方の技術などをひととおり聞いた後に、ずらりと小麦を並べられたが、ぱっと目には違いがわからない。各種、小麦粉の特性を知り、理想の麺の土台となるものをチョイスしろと言われても、即答できるはずがない。〝おいしい麺ができる小麦粉〟と小学生みたいに答えたい気分だ。

ラーメンの麺は、「かんすい」を混ぜることでできるらしい。その正体は炭酸カリウムや炭酸ナトリウムなどを主成分としたアルカリ塩水溶液。このかんすいを小麦粉に加えると、タンパク質（グルテン）に作用して独特の風味とコシを醸《かも》しだすのだ。麺づくりにおいて、弾力や柔軟性を決定し、膨張を助ける要になっている。ただし、グルテンが多く含まれている麺を使うと、生地が引き締まりすぎるため、麺棒で延ばすことが難しくなる。

麺棒とは「そば屋」のガラス越しにそば生地を延ばす実演に使われている太鼓のばちのような棒のこと。生地が引き締まり弾力が強くなると、かなりの力を入れなければ生地が延びないので、実習ではグルテン量がそれほど多く含有されていないうどん用の粉を使用する。ラーメンの麺と比較して食感は柔らかめで、コシはそれほどないが喉ごしは悪くないので実習用の代用品としては適材だ。

有希は自家製麺をつくろうとは考えていない。好みの麺がオーダーできればそれでいい。汗をたらして腕がパンパンになるまで生地を延ばすことなど、これっきりごめんだ。案の定、麺棒から手を離したら二の腕がプルプルした。

「出店をされる際、麺を製麺所に発注しようと考えている方ほど、この作業を覚えておいてください。力加減、麺が延びていく感触、打ち上った麺の手応え、歯応え、どれも記憶しておかなければ、理想の麺は発注できません。細かく言えば温度や湿度などの条件もありますが、今日のところはよしとしましょう」

思った以上の肉体労働に気持ちがくじけそうになる。たかだかラーメンじゃないかと言ったら白い目で見られるだろうか。

「では、打ち上った麺はどうすればよいでしょう。門阪さん」

「少し寝かせた方がグルテンの進行が高まりますし、コシも強くなります」

聞きかじりの知識で答えたら拍手をされた。

「そこがうどんやそばと違う点です。ただし、寝かせることで問題点も生じます。なんだかおわかりですか、門阪さん？」

また私？　という顔をつくってから、少し考える。

「麺が変色することですか？」

「そうです。よく勉強されていますね」

ほっとしながら、次はくるなよと警戒した。

その後は、何種類もの小麦粉をブレンドしたり、さまざまな太さの麺をつくったり。二の腕どころか肩の付け根から音を上げて、頭の中もコンフューズ。もはや理科の実験。そのうち化学記号や計算式もでてきて、フラスコ、ビーカーの登場も遠くはない。薄っぺらいガラスのシートのことを、なんて言うんだっけ？　えーと、そうそう、プレパラート。まさか小麦粉を顕微鏡で覗いたりしないだろうな。

集中力が切れて、余計なことを考える。でんじろう先生のような楽しい授業なら、すんなりと海馬が記憶してくれるのだろうか。明日もまたそば打ち職人のような実習があると思うと憂鬱《ゆううつ》になる。今までどれだけ恵まれた職場だったかと痛感した。

汗だくになったシャツを着替えることもせず帰路につく。ゴヤールのトートバッグの中は教材でいっぱいだ。革製の細い取っ手が肩に食い込んで痛い。OL時代とは比較にならない重量だ。

化粧直しもしないまま帰宅ラッシュの電車に乗る有希を、満員電車のサラリーマンはどう見ているのだろう。そういえば、このゴヤールも萩原からのプレゼントだった。癪《しやく》に障るので、明日からはリュックにしよう。いっそメルカリで売っちゃうか。いや、だったら、『COMnel』に売ってやれ。

つまらないことを考えながら手すりに寄りかかって身体を休める。へとへとに疲れてお腹が減った。てっとりばやく腹の膨れるものが食べたい。やっぱラーメンかな。さっきまでもう見たくもないと思っていたのに。やっぱラーメンは偉大だ。


自宅の最寄り駅で下りるなり、駅からいちばん近いラーメン屋に入った。これまで見向きもしなかった店のカウンターには、ネクタイを緩め、ワイシャツをまくり上げたサラリーマンが並んでいて社員食堂のよう。無愛想な店主が湯気の向こうから振り返りざまに注文を聞いた。

「もやしラーメンください」

「あいよ」

レードルでタレをすくい、丼に打ちつけるように注ぎ、てぼを振って麺を湯切りする。鍋の外に湯が飛び散るのがダイナミックに見える。今までは気にも留めていなかった動作に目が留まった。

「はいお待ち」

無造作に置かれた丼からスープが跳ね、もやしが丼のへりでうな垂れている。気になれば備え付けのダスターで拭《ふ》けということだろう。そのダスターも汚れていて脳内で減点する。

『激熱、フーフー、もやしラーメン』とあるが、ひんやりしたもやしがもりもり載っているのはどういうことだ？　もやしはキムチ味が染み込んでいて、いわば冷製ナムル。どう考えてもネーミングが間違っているだろうと心でツッコむ。

ベースのしょうゆとんこつが食欲をそそる。しょうがとニンニクを一緒にごま油で炒《いた》めているのだろう。香ばしさがとんこつの深い味に別のアクセントをつけて、スープとマッチしている。ガツンとくるとんこつ系を注文することは少なかったが、疲れているからだろうか、どっしりとした濃い味が胃袋に沁《し》みわたっていく。

トッピングを注文せずに、スープそのものの味を味わった。熱々スープに冷たいもやしが意外と合う。チャーシューの鮮度が悪いのが残念だ。もっと薄切りにすれば誤魔化せたのにと、店側の立場になってみる。『豪快とんこつ大将』という店名に、薄切りチャーシューは似合わないか。

それにしてもタレが滲みすぎて塩っぱすぎる。これじゃスープと喧嘩《けんか》しちゃうじゃんと、チャーシューに食い下がった感想を心で言う。今までは好きなラーメンを美味しく食べられればよかったが、今日はこの店のひとつひとつが気になって仕方ない。

舌で、目で、鼻で一杯のラーメンを解剖しながら、店の佇《たたず》まいまで含めて採点する自分がいる。

心境の変化を不思議に感じながら、芽生えかけたプロ意識にくすぐったくなった。

「どうでした、お味は?」

客が有希ひとりだけになったことを見計らい、店主が聞いた。

「美味しかったです」

「ホンマに?」

「ええ」

「ゆっくりと確かめるように食うてはったから、同業者かなって思ってね。お嬢さん、ラーメン屋さん?」

「いいえ、まだ」

「まだってことは、いずれ店持ちはるんですか?」

息を止めてから、「いずれ」と本心をこぼす。嘘がつけない性格なのだ。今まで付き合った男たちは、有希のそこが好きだと言った。もっとも本人は、器用に嘘がつける女に憧《あこが》れている。

「どっかで修業してはるんですか?」

「麵づくり学校で勉強しています」

「最近はそういう学校もあるんやってね。ラーメンブームがきてお店を持とうと思う人が増えたってことや。わしみたいな古い人間は、学校で教えてもらうよりお店で修業させてもろうた方が身につくと思うけど、こればっかりはわからん。とにかくいろんな店でいろんなラーメン食べてもらって、ほんでウチの店に来てくれるお客さんが増えたらうれしいわ。これでもいつも来てくれる常連さんがいるんやで。しょぼい店やけど、東京みたいな大きな街で商売させてもらえて、ありがたいこっちゃ」

なんだか課外授業のような気がしてきた。

「お嬢さんのお口に合ったかどうかわからんけど、わしは自分がつくるラーメンが日本一やと思うとる。わし自身はどっちかっちゅーと、ラーメンよりうどん派やけどな。わっははは」

最後にオチまでつけて、店主はラーメン屋の心意気を語ってくれた。わずか数十センチのカウンターを隔てて、一杯の丼を眺めながら言葉を交換する。何気ないやりとりが、とても大切に感じた。

帰宅するなりトートバッグを床に投げ出しソファに倒れ込む。足下のラグには何冊ものラーメン本が散らばっている。数ヶ月前まではファッション誌ばかりだったのに。

胸元の匂いを嗅《か》いだら臭かった。汗と脂と小麦粉と、さっき食べたラーメンの匂いが混じっておじさんみたいな臭いがする。それにしても今日は疲れた。このまま眠ってしまいたいが、それじゃほんとうにおじさんになってしまう。お風呂《ふろ》に入って髪を洗って、化粧水ぐらいは塗って歯みがきして、少し顔がむくんでいるからパックもするか。明日もほぼノーメイクだけど、それでも私はウーマンだ。

アイ・アム・ア・ウー麺！　なんちゃって。だめだ、本格的におやじ化してる。

落胆と開き直りと、少しばかりの意地を張って、明日も頑張ろうと思う。

「こういう疲れ方って、今まで経験したことないかも」

ひとりごとを言ってから、本日最後のため息をついた。ちょっとした充実感が明日を楽しみにしてくれる。

「さて、寝るかっ」

スプリングを弾ませるようにしてベッドにもぐり込む。長年、睡眠導入剤的な役目を果たしてきたミステリー小説は、その座をラーメン雑誌に奪われた。もっとも疲れ果てた有希は、それさえ必要としなかったが。

翌日の実習もまたまた麺づくり。麺棒で延ばす作業はせずに、製麺機で麺を切ってみる。機械とはいえ、同じ太さに切り揃えるのは至難の業だ。思うように麺が揃わず頭を抱えた。その原因は小麦粉の配合と加水率にあると叩き込まれ、「お客様のお口に入れるものですからね」と追い打ちをかけられる。

低加水率、中加水率、もっちりした多加水率、たまご麺、ちぢれ麺、太麺、細麺、平打ち麺……何と何をどう配合し、かんすいをどう調合すればいいのやら。これがいわゆる麺レシピというやつか。ブームに便乗して、ラーメンの構造を複雑にしているだけじゃないだろうか。スープの味を分析するのは得意だが、麺そのものを解剖するほどラーメン通ではない。

機械での製麺を実習したあとに、また手づくり製麺に戻される。比較しながら手づくりの大変さと感触を記憶するためだそうだ。

「意外とスパルタっすよね。もうヘロヘロっす」

初日に揶揄《やゆ》した茶髪の若者が、人懐っこく話しかけてきた。

「お姉さんはラーメン屋になるんですか？」

「そうね、一応」

「一応なんすか？　俺、結構マジっす」

「私だってマジだよ。一応は、取り消し」

「そっすよね、授業料高いっすもんね」

集中力を欠きそうなので、目を逸らした。

「堀越太一《ほりこしたいち》っす。よろしくっす」

「門阪有希です。よろしく」

屈託のない笑顔に、つい応えてしまった。

実習生が横並びになり、手元には五人前のラーメンの材料が置かれた。キッチンスタジアムっぽい雰囲気にかなり緊張する。

まずはたまごと水を混ぜ合わせ塩を溶かしたものを、強力粉と薄力粉を混ぜたものに入れ、小麦粉は水と均一に混ざるようにスプーンで切りながら混ぜる。次第に弾力が生まれて手強くなり、ぼそぼその状態になったら、小麦粉を拳《こぶし》で押さえつけるように延ばす。ちょっと力を入れただけで、昨日の二の腕プルプルが再来した。翌日の筋肉痛は若い証拠だと、なぐさめにもならないことを言い聞かせ気合いを入れ直した。

藪中が肩で息をしながら曇った眼鏡を拭いている。年寄りにはかなりハードな作業だろう。

「おじさん、大丈夫？」

太一が藪中にペットボトルの水を渡していた。

「手伝ってあげるよ」

「ありがとうございます」

見かけによらずやさしいヤツじゃん。このまえの茶茶入れは何だったんだ。

小麦粉が塊になったら、ポリ袋に入れて新聞紙の上から足で踏む。足の裏で弾力を感じながら丁寧に踏み込んでいくうちに生地が平べったくなっていく。十分程度やると太ももがパンパンになって汗が滲んできた。腕ばかり酷使したので、これで全身のバランスがとれたと自分に言い聞かせる。

ここまでの作業を終え保温機の中で生地を熟成させる。夏場と冬場では気温や湿度の違いから熟成時間が違うらしい。一般家庭で自家製麺をつくる人は、保温機のかわりに布団の中で温める人もいるというから驚きだ。まるで卵を孵化《ふか》させる親鶏《おやどり》みたい。

運動不足解消的作業はさらに続く。寝かせた生地をもういちど足で踏んでから、麺棒をつかってまた延ばすのだ。力を入れすぎると、つなぎの役割をするグルテンが千切れてしまうらしく、力を均一にして丁寧に延ばす。こんなことならジムに通っておけばよかったと心で愚痴る。

「生地を麺棒に巻き付けて1ミリ程度の厚さを目安に延ばしていきますよ。力を入れると生地を押し潰《つぶ》してしまい、加減しすぎると上手く延びません。さぁやってみましょう」

講師が、ここからが山場という目をした。

「1ミリ?」

思わず太一が口にする。

「そう1ミリです」

「職人じゃん」

「ラーメン屋は職人ですからね」

太一と藪中に挟まれ、有希が悪戦苦闘する。

「しっかり延ばさないとうどんになってしまいますよ」と講師に笑われ、むっとした表情を返すと

「はい、集中」と視線を麺に戻された。

生地を延ばし終わったら、麺切り包丁に切り口が付かないように薄力粉をふりかけながら、生地を畳んで2ミリ位の幅で切る。むろん、力の入れすぎは麺を台無しにする。どこまでも感覚を研ぎすまされる作業だ。

切った麺は薄力粉の上でばらばらになるようにほぐしていく。ようやく麺が打ち上ったという感慨が込み上げた。麺にちぢみを出したいときは、さらに揉《も》み込むらしいが、そもそも「ちぢみ」の意味を理解していないのでそのままにした。あとでこっそり藪中に尋ねよう。

鍋《なべ》のお湯が沸騰したら、麺を切ったときの小麦の残りかすを湯に入れておく。麺を茹でている間に、麺が溶けたり傷んだりすることを避けるためだ。そこで麺を少しずつ、絡まない程度の分量で投入。しばらく茹でて、ふたたび沸騰して麺が浮いてくるまで混ぜないことが原則。その後、ゆっくりと混ぜて、二、三分茹でてから、一本だけ箸《はし》でつまみ、小麦粉っぽさが残りすぎていないかを確認した後、てぼで湯切りをする。こうして麺が茹で上がる。最後の湯切りの動作がプロっぽくて、その気になった。

「さぁ、みなさんが打った麺を試食しましょう」

朗らかな顔で講師が呼びかける。あらかじめ丼に注いでおいた業務用スープに茹で上がったばかりの麺を投入する。鰹《かつお》だしと鶏がらベースのシンプルなスープが食欲を掻き立てる。

自分でこさえた麺を怖々と啜った。

美味《うま》いっ！　弾力も味わいも申し分ない。粉っぽさもなくもっちりとした味わいだ。思わず太一とハイタッチをした。

「いかがですかみなさん。自分でつくった麺の味は」

誰もが一心不乱に啜りながら納得の表情を見せた。ネギもメンマもチャーシューも煮卵もない、麺とスープだけのラーメンがこれほど美味く感じるとは。ましてスープは味気ないパッケージの業務用品だ。それでも抜群に美味しく感じたのは、自分がつくった麺という感慨からだろう。思い入れも味のうちだと思いつつ、麺を噛みしめスープを啜る。これがラーメンをつくる喜びで、この喜びを客に分け与えるのがラーメン屋の生き甲斐《がい》なのだろうと、空になった丼をしみじみ眺めた。

「今日のことを忘れないでください。この丼に、みなさんがつくったスープが注がれたときには喜びは二倍にも三倍にもなることでしょう」

日一日と胸の中に何かが埋まっていく。仕事や趣味とはちがう、いままでに経験したことのない思いだ。これを生き甲斐と言うのは時期尚早《しょうそう》だろうか。

本当に好きなことって、一度嫌いになっても、また好きになれるものなのかもしれない。二度目の〝好き〟は、それまでとは比較にならないほど愛《いとお》しいものだろうと、経験したこともないことを想ってみる。予想外の重労働に悲鳴をあげたけど、できあがった麺をスープと一緒に啜ったら、筋肉痛さえも愛しくなった。

「マジ、美味かったすね」

太一が細い眉を下げて話しかけてきた。

「うん」

「姐《ねえ》さんって呼んでいいっすか」

「いきなり、姐さんって」

「そんな感じするんで。ダメっすか?」

「ちょっとイヤだけど、特別に許可してあげる」

「マジっすか。じゃ〝姐さん〟ってゆーことで。また」

そう言って太一は跳ねるような足取りで外へ出て行った。

最後の講座となるスープづくり実習もなんとか課題をクリアした。『地獄のスープ実習』という噂《うわさ》を聞き覚悟していたためか、それほど大変には感じなかった。出汁用の食材は特に凝ったものはなく、とんこつ、鶏がら、魚介など、ごく標準的なものばかりだったが、さまざまな食材を調合しながら味見を繰り返すうちに、自分の好きな味が見えてきた。

「やっぱりスープは鶏がらベース。味はしょうゆと塩の二本柱。これが私の結論」

スープづくり実習を通して、さんざん食べ歩いたラーメンを総括したら鶏がらに行き着いた。有希はスープのインパクトよりも、あと味のさっぱり感が大切だと思っている。食後の胃もたれや、口の中にまとわりついて消えないスープの残味が女子には大敵なのだ。萩原と通った屋台も鶏がらベースだったという想い出は力ずくで遮断した。

味覚には個人差があると学んだことも大きかった。もちろん個々人の嗜好性《しこうせい》が影響することは理解していたが、甘味や辛味など基本的な味を感知するセンサーの感度は人それぞれで、鋭敏な味覚を持った人もいれば、味覚音痴の人もいる。甘味は鋭く感知するが苦みは感知能力が低かったり、その逆もある。誰もが同じ味覚で判断しているということではないのだ。

こういう言い方は身も蓋《ふた》もないが、出汁やスープにこだわりすぎるよりも、統計的に誰からも好まれる味のスープをつくる方が低コストで労力も抑えられ、結果、儲かるのだと教えられた気がする。少数派の五月蠅《うるさ》いラーメン通を唸らせるよりも、一定の美味しさで、ほどよい記憶を残すラーメンづくりに徹底すればいいということだ。

探究心はあるが、無駄骨は折りたくない。理想と現実を天秤《てんびん》にかけたら秒で現実に傾くのが有希である。基礎を学んだあとは、自分なりに改良すればいい。自分には絶対味覚があると有希は信じている。

実習を終えると形式じみた儀式が行われ、校長から卒業証書を渡された。たった十日間で何が卒業だと思っていたが、校長曰《いわ》く「卒業証書は次の階段を上るための通行手形」らしい。「卒業生のサポートは一生モノ」と保険会社のセールスマンのようなことも言ってくれた。

実習がはじまる前は、汗臭そうな男ばかりで正直大丈夫かなと心配したが、過ぎてみれば学びは多く、それなりに楽しくもあり、すでに懐かしささえ感じている。目つきの悪い細眉ピアスの太一も、今では目尻を下げて「姐さん」と呼んでくれる。呼び方はともかく、人懐っこい笑顔に「今度飲みに行こうね」と返したらガッツポーズをして雄叫《おたけ》びを上げていた。

「まだまだいけるな、私」

やがて私がつくるラーメンも、こうしてあと味が良いといいな。有希が通行手形を鞄《かばん》に入れ、十日間だけの母校を後にしようとすると、ドタドタと有希を追いかけてくる足音が聞こえた。

「門阪さーん、待ってください」

藪中だった。黒の礼服に膨れ上がった鞄を両手で持つ姿は、さながら結婚式の列席者のよう。藪中は息を切らしながら、ポケットをまさぐり、小さく折られたメモ紙を有希に渡した。

「これが私の携帯の連絡先です。メールアドレスも書いてあります」

「どうも……」

「門阪さんは、私にとって四十五年振りにできた同級生です。これからも互いに励まし合っていきましょう。何かあればこちらに連絡してください。私に役に立てることがあればなんでもします」

藪中が深々と一礼をする。しかしその場から去ろうとはしない。有希が、自分を指差しながら
〝ワタシノモ？〟と口を動かすと、藪中がコクリとうなずいた。

「じゃ、こちらの番号にワン切りしますね」

藪中が慌ただしく胸の内ポケットで振動する携帯電話を取り出した。

「それが私の番号です」

藪中が拝むように番号を見ながら終了ボタンを押した。

「ありがとうございます。どちらが先にお店を出すか競争ですね。それでは、お互い頑張りましょう。失礼します」

藪中が嬉しそうに会釈をした。しばらくして振り返ると、まだこっちを見ていた。どうせなら若者たちとＬＩＮＥ交換すればよかった。


「もしもし、ヨナ？　卒業したよ、麺づくり学校」

「おめでとう。で、なに？　次はどうすればいいか教えろって？」

「何よ、その言い方。ずいぶん上から目線じゃない？」

「ふふふ、図星すぎて狼狽《うろた》えたでしょ」

「相変わらず腹が立つ言い方するわね。せっかく報告してあげてるのに」

「わざわざご丁寧にどーも。それで？」

「だから、ヨナに教えてもらった麺づくり学校、無事に卒業したよって……」

「はいはい、おつかれさまでした」

「なんかムカつく」

「ムカついていないで次、進みなさいよ」

「言われなくても進むわよ」

「それでどこで修業するの？　それともいきなりお店を出す？　出すんだったらどこで？　どんな味にするの？」

「畳みかけるように聞かないでよ。だから男にモテないんだよ」

「なんでそんな話になるのよ、喧嘩売ってるの？」

「わかった、謝るから、ごめん……。だから相談に乗ってよ」

「はじめっからそう言えばいいのに。話を聞いてあげるから食事おごりなさいね」

「はいはい、承知いたしました」

「お店は私が選んでおくから。じゃね！」

いつもながらヨナにはやられっぱなしだ。彼女の口には到底かなわないし頭にくることも多いが、自分をいちばん理解してくれている友人であることに違いない。

本当は相談などない。次にやるべきこともわかっている。恋人にフラれて仕事を辞めて、羽を伸ばしに帰った実家から急遽《きゅうきょ》戻り、ラーメンを食べ歩いて麺づくり学校に通って卒業して……目まぐるしい時の流れに有希は疲れ果て、ふと胸に問いかけた。〝今の自分にあるものは、ラーメン店を開くという目標以外に何？〟。

　有希は虚しくなった。だからヨナと話したかった。電話ではなく顔を見合わせて、できればお洒落な店で美味しいものを食べながら。恋人も好きな男もいない今、虚しさを埋めてくれるのはヨナだけだ。都合がいいのはお互い様と言い聞かせて。


「またラーメン店ってどういうこと？」

　待ち合わせ場所にヨナがセッティングしたのは、お洒落なレストランではなく板橋《いたばし》にある行列ができるラーメン店だった。

「なに、その言い方。ミシュラン取ったお店なんだけど」

「だったらラーメン以外のミシュラン店にしてくれればいいのに」

「あんたラーメン店のオーナーになるんでしょ。甘いこと言ってんじゃないよ」

「少しぐらい忘れさせてよ、ラーメンのこと」

「なに弱音吐いてんの。ってか少しぐらい感謝したらどうなの？」

　退社を決めたときに一緒に泣いてくれたのはヨナだけだ。彼女が高圧的な言い方をするのは、有希への想いの深さからだ。

「見送ってもいいんだよ」ヨナが突っぱねる。

「でも」有希が、か細く言った。

「ともだちに並んでもらって整理券とったのに」

それ以上、有希は返せなかった。

ふたりは整理券を手に行列の羨望《せんぼう》を浴びながら暖簾をくぐった。

スープを一口啜っただけで、有希が目を丸くする。

「なにこれ？　すっごく美味しい」

「でしょ」ヨナがしたり顔をする。

「トリュフ入りってすごくない？　ありえないよ」

「ラーメン店世界初ミシュランだもん」

「いろいろわがまま言ってすみませんでした」

「急にしおらしいフリしてなによ。まぁ、その素直さに免じて許す」

「朝早くから整理券とるために並んでくれたともだちにも感謝しなきゃ」

「ほら、冷めるよ。ミシュラーメン」

「出ました、得意のおやじギャグ」

「トリュフ没収するよ」

ふたりは無言になり、ズズズッと満足そうな音を響かせる。「はー」とか「ふー」とか声を吐き出しながら笑顔を見合わせた。

最後までスープを飲み切ると、店主が会釈をしてからヨナに話しかけた。

「朝早くから並んでいただいてありがとうございます」

「えっ」有希がキョトンとする。

「ほら、行くよ。外でお客さん並んでるんだから」

ヨナがバッグを抱え、そそくさと席を立つ。呆気《あっけ》にとられている有希に、「早く」と手招いた。久しぶりにヒールを鳴らしながら歩く駅までの道。しばしの沈黙を払うように、「やっぱり美味しいなー、ミシュラーメン」とヨナが伸びをした。

「うん、美味しすぎた。ありがとう」

「ラーメン店の短所は、長居できないところだね」

「長居されたらラーメン店はたまったもんじゃないよ」

「あら、すっかりオーナー気取りじゃん」

「私がお店を出したら、あんたに一番最初に食べさせてあげるからね」

「行列ができるような味ならいいけど」

「言ってくれるじゃない。まぁ見てなさいって」

ふたりは通い慣れた青山に移動し、夜景が見えるＢＡＲで飲み直した。話題はもっぱら恋愛やファッション、気になるスイーツ店のことなど。有希には、気のおけない友人と、こうしてたわいもない話をすることが必要で、ヨナもそれをわかっていた。この日、有希がラーメンの相談をすることはなく、ヨナから何かを聞かれることもなかった。ヨナが整理券をとってくれたことへの御礼《おれい》は、心でそっと言った。

麺づくり学校を卒業して二週間。ヨナと会った日から十日間ラーメンを食べていない。しばらくラーメン漬けになっていたからプチエスケイプだ。最終日のスープづくり実習では、とんこつや牛こつ、鶏がらなどの臭いが混ざり、胸やけになって何度も外に出た。とんこつ特有の臭いだけは馴染めず、早々にとんこつラーメンは却下という見解に達した。

ラーメン店をはじめるにあたり、知識や経験など足し算ばかりの考えでいたが、選択という引き算があることを実感する。そもそもとんこつ味を好まない私が、無理にとんこつラーメンをつくることはない。人間関係と同じで相性だけは裏切れないのだ。ほかに引き算できるものを探しながら楽をしようとする自分が嫌になる。今度母親に会ったら、なんでこんなに根気のない性格に育てたんだと文句を言ってやる。

5

ラーメンをつくる以上、どんなスープにしろ多少の臭いは避けられない。臭いに慣れるために実習を兼ねて自宅でスープづくりをすることにした。1LDKの室内に臭いがこびりつくことはこの際仕方ない。アロマの匂いが染み込んだ部屋はラーメン臭に瞬殺されるだろう。恋人がいないことを幸いに思った。

合羽橋《かっぱばし》の調理具店に行き、小ぶりの寸胴《ずんどう》とてぼ、鍋と平ざるを見繕う。店内は前掛けをしたおじさんばかりかと思っていたが、若い女性が多くて意外だった。誰もがライバルに見えるのは意識過剰だろうか。よく見れば寸胴を買っている人はひとりもいない。おそらくカフェとかそんな感じだろう。店主が軒先で口笛を吹きながら水撒《みずま》きをしはじめた。

この流れで鶏肉店に行って鶏がらを仕入れようかと思ったが心当たりがない。店主に聞けば良い店を知ってるかもしれないがなかなか聞き出せない。上の空で調理具を物色していると、念力が通じたのか、店主から話しかけられた。

「何かお探しですか?」

「いえ、道具は揃ったんですが、聞きたいことがあって」

「なんでしょう?」

「どこか鶏がらを購入できる精肉店はありませんか?」

「お姉さん、ラーメン屋をはじめるのかい?」

歯切れのいい口調で聞かれ、「はい」と答えた。

「近所の精肉店のほかに、卸の食肉業者にも伝手《つて》があるけど、おいらから紹介してやろうか」

自分のことを「おいら」と言う筋金入りの江戸っ子のなんと頼もしいことか。〝お姉さん〟と言われて嬉しいのは、おばさんになってしまったからだろうか。

「調理具屋ってのはねぇ、道具を売ってるだけじゃないんだよ。お姉さんに買ってもらった寸胴だって、何十年と使ってもらうんだからさ、お客さんとは長い付き合いになるってことだよ。鍋の底に焦げがこびりついただの蓋がなくなっただのって、いろいろ御用を聞いてやらなきゃなんないわけだ。飲食店やってるお客さんから、いい仕入れ先がないかとか、安くやってくれる内装業者を知らないかとか、中には金の算段まで聞かされることもあるぐらいでさ。まぁ、なんでも屋ってとこだよ」

店主の人柄の善さに感じ入っていると、前掛けで手を拭きながら入ってきたおばちゃんが、「お裾《すそ》分け」と言ってレジ袋ごと店主に差し出した。

「こんなにいいのかい？」

「お客さんからの貰《もら》いもんだよ。ほら、前に話しただろ。趣味でトマト農家やってるって言う」

商店街の小さなやりとりが小気味いい。自分のつくる店もこうして街の仲間に入れるだろうか。

「このお姉さん、ラーメン屋はじめるんだってよ。それで仕込み用にいい鶏がらをほしいっていうから、『山源商店《やまげん》』のおやじを紹介するところだよ」

「だったら、『三《さん》ちゃん』の方が良くないかい。タダで分けてくれるように私から頼んであげるよ」

「いいえ、そんな」

「若い子が遠慮するんじゃないよ。ほら、ちょっと、それ、返しな」

そう言うと、おばちゃんは店主からレジ袋を取り上げた。

「これ持って、『三ちゃん』に行ってきな。そこの店主、貰い物に弱いからきっとサービスしてくれるよ。もっとも鶏がらぐらいタダにしろって言っとくけどさ。わっはっは」

おばちゃんは豪快に笑い飛ばすと、「地図書いて渡してあげなよ」と店主に命令して出て行った。

店主は「まったく」と呆れながらＧｏｏｇｌｅマップで場所を教えてくれた。

ふたつほど角を曲がり、昔ながらの看板が掲げられた商店街を抜けると『三ちゃん』があった。

店先で店主が待ち構えるように有希を待っていた。目が合い会釈をするなり、「あのばあさんにはたまったもんじゃないよ。年中、商店街をパトロールしてて、合羽橋の婦人警官って言われてるぐらいでよ」と、嬉しそうに文句を言った。

「話は聞いてるよ。でもさ、鶏がらスープだけじゃあっさりしすぎて物足んなくねぇかな。げんこつは出汁がたっぷりでるから試してみな」

そう言って『三ちゃん』の店主から鶏がらとげんこつをありがたく頂戴《ちょうだい》する。それにしても、この街はなんていい人たちばかりなんだろう。下町の風情《ふぜい》がそうさせるのか、有希は人情というものを噛みしめながら深く息を吸った。

「お土産《みやげ》まで持って来られたんじゃ金とるわけにいかねぇよ」

トマトがおばちゃんからの貰い物だとは言えなかった。

「さてと」

腕まくりをして気合いを入れる。

〝WOW!〟壁掛けのリキテンスタインが、〝この部屋をラーメン臭に染める気?〟と聞いてきた。あなたの綺麗《きれい》なブロンドヘアーにも臭いがついちゃうけれど、と断りを入れる。ベッドルームはシャットアウトした。

まずは鶏がら一羽分とげんこつを別の容器に分け、水に一時間浸《つ》けて血抜きをして、沸騰させたお湯に鶏がらとげんこつを入れ、さっとアク抜き。全体に白くなる程度に火が通ったら取り出して水にさらし臭みをとる。煮すぎると出汁が抜けてしまうので注意。

鶏がらの黒くなっている血合いや内臓、げんこつの骨髄《こつずい》の中の血も丁寧に取り除き入念に洗っておく。内臓が残っているとスープが濁るからだ。この作業、グロくて苦手かも。気を取り直して洗った鶏がらを骨ごとぶつ切りに。骨髄の断面からは味が染み出てくるらしい。

大切なのは、先にげんこつから煮ること。鶏がらよりもアクが強いから、順番をまちがえるとアクの混じったスープになってしまうのだ。げんこつを水から強火で煮ていくと、この中にどれだけ詰まっているんだというほどすごい量のアクが出た。これを見たら誰もがラーメンを食べたくなくなるだろう。

ざっとアク取りをしてから鶏がらを投入し、水を足して再度煮込む。沸騰するとまた違うアクが出てきた。最初のアクだけ取り除いたあとはしばらく放置。取りすぎると、アクが細かくなってスープが濁るのだ。アク取りの重要なコツと、また脳内メモを見る。

〝中火で煮込み、二回目のアクを取ったら鶏皮を投入！　スープを上品かつまろやかにするために、鶏皮を入れる！〟と料理好きカリスマ主婦がブログに書いていたので、即実践。

さらに臭み消しの青ネギとしょうが、セロリを鍋に入れて中火で煮る。強火で一時間、中火と弱火の中間の火力で一時間煮込んだらスープができあがる。そこから七時間ほど涼しいところで冷ます。狭いキッチンなので鍋にラップをしてベランダに置く。カラスに狙われないように祈りながら室内に入ると、もわっとした臭いに包まれた。

翌朝、数時間ぶりにベランダのスープと対面。スープが輝いて見えるのは気のせいだろうか。手を焼いた分、愛しく思える。

鍋から鶏がらとげんこつを取り出しても、鶏がらの役割は終わらない。じっくり煮込んで骨が折れやすくなった鶏がらは、骨の髄から出汁がでるのだ。麺づくり学校の先生が、「これが食材の恩恵」と強調していたのでメモっておいた。

ポキッ、ポキッ、なるほどすぐ折れる。もっと煮込んだら骨まで食べられそうだ。コラーゲンたっぷりの鶏がらは美肌づくりの味方である。いつか骨まで食べられるように工夫してみよう。

出汁をひくにはカツオ節がいいと思ったけれど、風味が強くなりすぎるのでウルメイワシの煮干しにした。安価なのが何より魅力。ラーメンは出汁命、みたいな先生が、「煮干しは素干しや丸干しよりも格段に旨味が感じられる。火にかけることで自己消化酵素の作用を止め、イノシン酸を損なわないからだ」と力説していたのを思いだす。「煮干しは野球で言うならバントの名手。サッカーならボランチのようなもの」と得意そうに言っていたが私にはわからない。そういう話になった途端にあくびがでた。

頭とハラワタには苦味とエグ味があり、出汁をとるときには生臭さも出るので取り除いたが、指についた臭いはかなり手強い。

「指の臭いなんて、そのうちに気にならなくなりますよ」という言葉に惑わされてはいけない。ラーメン屋になる前に私は女だ。生臭い手の女と言われて平気なわけがない。消臭効果のあるハンドソープと手荒れケアのクリームも探しておこう。

骨を折った鶏がらとげんこつスープに、煮干しと昆布を入れて弱火で煮込む。気泡がポコポコするタイミングで煮干しを取り出そうとしたら、砕けた鶏がらが邪魔をして手を焼いた。先に鶏がらを取り出した方が手際よくいくのだなと、また脳内メモ。

スープが煮詰まってきたので水を足すと、とろみがかった液体がするするとほどけていく。判断を間違えたかと慌ててググると、煮詰まったときには少量ずつ水を足してくださいと書かれていたので胸を撫で下ろした。

ここで味見。鶏がらの旨味を煮干しが引き出していることはなんとなくわかるけど、まだまだ改良の余地はある。味噌汁や鍋物で簡易的な出汁をとったことしかない有希にとって、日をまたいでスープをつくったこの日は記念日だ。完成にはほど遠いが、手間をかけた作業に一喜一憂する自分がいる。

タレは昆布《こんぶ》しょうゆとみりん、鶏がらスープ、塩は天然塩。精製されていない自然塩特有の旨味や甘味、コク、塩っぱすぎないまろやかな味が気に入っている。ミネラルが豊富というのも女子的には重要ポイント。人気のブランド塩を使ってみたいが、コスト面を考え断念した。

教材には沸騰させない程度で一時間弱煮込むとあるけれど、これが難しい。ずっと火の見張り番をしなければならないのだ。

香味油はいつも使っているサラダ油にラードを少量合わせ、香りづけにネギとニンニク、しょうがを炒める。これは母親直伝のワザで香ばしい匂いが食欲をそそるのだ。味噌汁や親子丼《どん》、焼き魚などにも隠し味に使っていて、特に肉味噌炒めとはベストマッチ。白ご飯にかけるだけでごちそうになり、あまりにもごはんが進むので、母親が〝めし泥棒〟と名づけた。事実、有希は一食で二合食べた記録があり、すさまじい後悔の念にかられた。翌日から三日間炭水化物を抜き、お酒もスイーツも我慢してようやく自責の念から解放された。ここ三年間、〝めし泥棒〟は封印している。

「うん、この味」

焦がしネギしょうがは裏切らない。この先、私のラーメンの大切なアクセントになるにちがいない。店を開いたら、〝めし泥棒〟のトッピングはありかも。

スープとタレと香味油の比率は10：1：0.5。トッピングはなしで、市販の太麺で試してみる。あまりにも色気がないので、白ネギとゆで卵だけは用意した。

すべてひとりで仕込んだラーメンと対峙《たいじ》する。麺は市販だが、それ以外は二日がかりで仕込んだ力作である。

待ちくたびれたお腹がグーと鳴り、口の中が潤う。焦がしネギしょうがが効いていて香ばしさの中に甘さが漂っている。その分、鶏がらと煮干しの風味が抑えられたが、それは後からのお楽しみ。自分のつくったラーメンを採点するなんてオタクの極みだと思いつつ、高まる緊張感にドキドキする。

そろりとレンゲでスープをすくいふーふー冷まして口に運ぶ。じわじわ波紋のように広がっていく味覚に目を閉じた。

「んー、おいしいっ。マジでうまいじゃん、コレ」

自己採点が甘いのは否《いな》めないが、鶏がらも煮干しもちゃんと感じる。とりわけ焦がしネギしょうがの効き目はバツグンだ。コクのある昆布醤油にしたのも正解かも。ほどよい塩っぱさにまろやかな甘味が合わさって、さらっとしていて、しつこくなくて……。ありったけの食レポボキャブラリーが脳内でひしめきあう。誰かに聞いてもらいたい気分だ。

「これでチャーシューとか入れたらヤバくない？」

ルンルン気分のバロメーターが振り切れて思わずニヤけた。

盛り上がる気持ちを抑えて麺を啜る。スープがちぢれ太麺にしっかり絡んでいる。ひとつひとつ確認するうちに冷静さを取り戻し、あらためてスープを味見したがやっぱりうまい。市販の麺が意外に美味しかったことも加味して満たされた気持ちになる。焦がしネギを使った分、白ネギは余計だったと反省点も忘れない。

試作第一弾としては合格点だね。一緒に頑張った仲間を労《ねぎら》うように、透き通るスープに親指を立てた。

はやる気持ちを抑えてスープづくりからの作業工程を顧みる。鶏がらとげんこつの下処理には手を焼いたが、ほかはほとんどアバウトで計量スプーンのメモリも気にしなかった。そもそもキッチンはＩＨコンロでラーメン店とは火力が違う。調理環境の違いもあるが、味覚に勝る教材はないと信じている。

できる！　ような気がする。いや、かならずできる！　私がつくるラーメンはきっとおいしいと言ってもらえる。ぼんやりした自信が確信に変わろうとする。こんな気持ちははじめてだ。

もう一、二回、試作してからヨナを呼ぼう。ヨナはお世辞を言うような女じゃない。彼女の感想にはちゃんと理由がある。性格も言うことも厳しいけれど頼れる友人だ。そう思いつつ、ヨナ以外の誰かを見つけられずに落ち込んだ。

「ともだち少ないもんなぁ」

つぶやいた言葉に力が抜ける。恋人がいたら良かったのにというのが本音だ。

「さてと、あと片づけしますか」

声を出して重い腰を持ち上げた。窓を開け放した部屋に暖かい風がすり抜ける。

これからこの部屋のことを工房と呼ぼう。たくさんの人に喜んでもらえるラーメンづくりのファクトリーだ。

「次いくよ、次」

シンクに山積された洗い物に腕まくりをする。ブロンドヘアーのリキテンスタインに、ガンバレ！と励まされた気がした。

「もしもし、姐さん、元気っすか？」

スマホを震わせたのは、麺づくり学校の堀越太一だった。

「藪中さんっていう爺《じい》さんいたじゃないすか。あの人、同期みんなから電話番号聞いて名簿作ろうとしてたんすよ。俺、仲良かったわけじゃないっすけど、意外と爺さんと話したりしてて、こないだ電話かかってきたから、姐さんの電話番号聞いたんすよ」

藪中は私だけに電話番号を聞いたんじゃないんだ。特別扱いされたと思っていたことが恥ずかしくなった。

「だってさ、姐さんに飲みに行こうって言ってもらったのに連絡先も聞いてなかったじゃないっすか。学校に聞いても個人情報がどうたらで教えてくんないだろうし、あーあってなってたら爺さんから電話があって、じゃ聞いちゃえって。で、電話したんす」

「そうなんだ。それで太一くんは元気でやってるの」

「まだ三ヶ月しか経ってないんすよ。元気に決まってるじゃないっすか。今、新橋のラーメン屋で修業してるんすよ。ウチの店、都内に三店舗あるんすけど、その本店で。皿洗いばっかやらされてふざけんなって感じなんすけど」

「そうなんだ、偉いじゃん」先を越された気持ちになった。

「姐さんは今何してるんすか？」

「私はね、花嫁修業」

「結婚するんすか？　ってか、結婚してるかもって思ってた」

「うそうそ。花の三十代独身バツゼロよ」

「マジっすか」

「っていうか、いちいち、〝○○っす〟ってのへんだよ」

「口ぐせで、すいません」

「っていうか会おうよ」

「マジっすか」

「ほらまた」

「姐さんだって、〝っていうか〟、って言ってばっかりっす」

「ほんとだ」

「ほんとにマジですよね?」

「うん、マジ。ごはん食べようよ」

「イエッス!」スマホの向こうにガッツポーズが見えた。

「いくつか都合のいい日を教えてくれる? 場所は〝姐さん〟が決めてあげる」

自分から男子を誘ったことにハッとする。今までは誘うようなしぐさをして、男から声を掛けさせるように仕向けていた。それがOLという生き物のゲームだったし、自分からナンパするようじゃ女はおしまいと思っていた。

OLを辞めてラーメン屋を目指した時点で大胆になったのかと自問する。いやいや、悪戯《いたずら》な気持ちなんてこれっぽっちもない。太一はおそらく十代で、せいぜい歳《とし》の離れた弟といったところ。彼の言うように、自分は姐さんだと思っている。

そう言い聞かせつつ、整った太一の顔を思い浮かべてほくそ笑んだ。

二週間後、待ち合わせ場所に選んだのは骨董《こっとう》通りのイタリアン。ＬＩＮＥすると太一は得意の〈マジっすか〉にいくつも絵文字をつけて返信してきた。ここはＯＬ時代に会食でよく使った店でスタッフも顔なじみだ。姐さんらしくごちそうしてやろうと決めていた。

十分ほど遅れて到着した太一が外から店内を窺っている。有希が手を振ると、強《こわ》ばった表情をほどいて会釈をした。ビシッと髪を固めたスタッフに椅子を引かれ、また顔を強ばらせた。

「どうもです」

麺づくり学校でふんぞり返っていた太一は別人か。遠慮がちに椅子に浅く座り、「お洒落すぎて緊張するんすけど」と小声になる。

「ふふっ」有希が笑うと「ガキ扱いしてるでしょ」とムッとした。

「してないしてない」そう言いながら、ムキになった太一にまた笑う。

太一は舌打ちをして、ポケットから煙草を取り出し、指でトントンした。

「ここ禁煙だから」

降参したのか、太一はふてくされた顔で、椅子にふんぞり返った。

ランチをしながら互いの近況を報告しあう。自宅で自主練中の有希に比べ、太一は多忙を極めた。勤務シフトは早番と遅番の交代制で、早番は朝六時から午後三時まで、遅番は午後四時から深夜一時までで、毎日平均二時間は残業だという。終電がなくなる日には、店が近くに借りているワンルームマンションで始発まで仮眠をとるのだとか。太一は仕込みが覚えられる早番を希望しているが、〝飲食店の基本は暖簾を下げてから〟と、ほとんど遅番にされているらしい。

「遅番は姐さんとランチできるからいいすけどね」

余裕がでてきた太一に、「早番だったらディナーできるじゃん」と返すと、「それなー」とイマドキの言葉を天井に吐いていた。恋人目線では見られないが、こんな弟がいてもいいのにと思う。眉尻のピアスだけはいただけないが。

「正直、ラーメン、ナメてたんすよね。うさん臭いカリスマ店長とか有名チェーン店の社長とかってブームにのっかっただけの奴《やつ》だと思ってたけど、全然違ってて。ウチの店長なんかも見た目は悪いけど、すげー勉強家でクソ真面目。遅刻もしないし手を休めてるとめっちゃ怒られる。勤務中はスマホ禁止だから、店長から教えてもらうことはメモとってるんす。おかげでスマホさわる時間が全然なくなりましたよ」

太一の目が輝いている。希望に満ちた澄んだ瞳《ひとみ》だ。自主練以外は報告することがない有希がその先を促すと、太一は前のめりになって話しはじめた。

「シャッターポールって知ってます？」

「何それ？」

「シャッターが開く前から行列のいちばん先に並ぶお客さんのことを言うんですよ。F－1のポールポジションみたいな意味で」

「初耳、おもしろいね」

「ウチの店はそこまでいかないっすけど、超人気店は朝六時から整理券配って、それがないと入店できないんすよ。板橋とか巣鴨《すがも》にあるじゃないすか、そういう店」

ヨナと行ったトリュフの店だ。朝六時から並んでくれたのかとあらためて感謝する。

「ウチは五つの香味油を使った五つの味のラーメンを提供させてもらってるんで、最低五回は食べにきてくださいっていうコンセプトなんです。煮干し麺とカツオ麺とエビ麺は、それぞれラードで揚げた香味油を使って、野菜麺はオリーブオイル、ナッツ麺はアーモンドやクルミを大豆油で揚げるんです。どれもさっぱりした味なんで女性のお客さんも多いんですよ」

「なんかドレッシングの説明を聞いてるみたい」

「それっ、いっすね。店長に言ってみよ。タレじゃなくてドレッシングってどうすかって」

「聞いたことないね。ラーメン店でドレッシングって」

「俺が店出したらやってみようかな。〝当店は自家製ドレッシングを使用しています〟って」

「やっぱりへん、ラーメンっぽくなくなっちゃう」

「でもサラダ感覚で食べるラーメンって新しくないですか」

「名案じゃん、やんなよそれ」

「っすよね。すげーやる気でてきた」

「太一なら人気店になるよ。イケメンでカッコいいし」

流れで太一を持ち上げた。本音も少し交えて。

「逆ナンすか。受けて立ちますよ」

太一が顔を赤らめる。頬のニキビまで赤くなった。

「ごめん、十代は圏外。その前に三十代のおばさんも圏外か」

太一が水を一気飲みし、「マジメな話していいすか」と切り出した。

「ラーメン屋って、白鳥の水掻きなんですよね。今は３Ｋじゃなくて６Ｋって言われてるの知ってます？　キツイ、キタナイ、キケン、苦しい、カッコ悪い、稼げない。だからみんなすぐ辞めちゃうんですよ。でも俺、思うんすよ。キツイとか苦しいとかって気持ち次第だし、キケンとかって気をつければいいわけでしょ。カッコつけたいんならやんなきゃいいし、稼げるようになるために修業してるんだから、そんな考え、甘いんすよ」

太一の目に力がこもる。この子は夢に向かって生きている。私よりも何倍も速い速度でまっすぐに。フラれた男への腹いせにラーメン店を決意した私とは夢の純度が違うのだ。太一のまっすぐな目を見るほどに胸が締めつけられる。太一はそんな私の心を見透かすように言った。

「姐さんは修業しないんですか？」

「うん。考えてはいるけど」

うまく言えずに押し込まれた気持ちになる。

「だめっすよ、そんなんじゃ。甘くないすか？」

言葉が胸に突き刺さる。太一の目が怖い。

「たぶん段取りつけてるんすよね。まずは自主練からって。人にはそれぞれやり方があるから。姐さんのプランっていうか。すいません、生意気なこと言って」

「ううん」

「俺ん家《ち》って金持ちで、ふたりの兄貴はいい大学出ていい会社入って、いずれ親父《おやじ》の会社に入るんすよ。俺だけグレちゃって高校中退してふらふらしてて、ラーメン屋になりたいって言ったら親父に猛反対されて、〝そんなみっともないことするな〟って。兄貴たちもバカじゃねって目で見るし、母親は一応なだめるんだけど、〝そんなことやめたら？〟って。そんなこと、ですよ。そういう家なんすよ、ウチって。だから、見返してやりたいっていうか、俺は俺でちゃんとやれるってとこ見せてやりたくて」

「将来のこと真剣に考えてるんだね」

「親の言いなりで幼稚舎からずっとエスカレーター式できたから、つまらなくなっちゃって。慶應《けいおう》以外の友だちと遊ぶようになったら、みんな夢持ってるんですよ。チャリで世界一周するとかストリートライブから武道館目指すとか、無謀なやつばかりなんすけど」

慶應だったんだ、とは言わなかった。もったいない、とも。

「大学行くやつもあんまいなくて、下町ロケットに影響されて町工場に就職したやつもいるよ。宇宙探査機の部品造るんだって。あとお笑い芸人やユーチューバーとかも」

「あはは。でもすごいね。みんなちゃんと夢持ってる」

「そこなんすよ。で、俺は夢があるかって胸に手当てて。心のどこかでこのまま大学までいって親のコネで就職できればいいと思っていたから。だんだんそういうのが嫌になって学校サボりはじめて、なんでもいいから親の世話にならずに自分ひとりでやりたいって探したけど、見つかんなくて。そんな時に、ツレとよく行くラーメン屋の店長に言われたんすよ。〝お前みたいな甘い考えのやつはラーメン屋にはなれねぇ〟って。ラーメン屋になりたいなんてひと言も言ってないのに、〝ラーメンをナメるんじゃねぇ〟って怒鳴られてさ。腹立ったから、〝ラーメン屋になってやるよ〟って言ったら、〝だったら修業に来い〟って。そこ、今働いてる店なんだけど」

予想外のいきさつに唖然《あぜん》とする。思わず「うそでしょ」と言った。

「でもそこからが勢いのなさっていうか、とりあえず半年肉体労働のバイトでお金貯《た》めて麺づくり学校入って、一応経営者の心得とかも勉強してから修業しようと思ったわけ。そういうところがボンボン抜けきれてないよね。なんで中退したかは聞かないでよ。いろいろあって言いたくないから」

「意外とすごい経験したんだね。ちょっと見直した」

「ちょっとって、今まではどう思ってたんすか？　って、ゆっくり話したの今日初めてだけど」

「そうだね。もっと前から話せばよかった」

「じゃ俺、そろそろ行きます。十分前に出勤しないと店長うるさいんで」

太一が腕時計に目をやりながらレシートをさらった。

「ダメだってば。私が誘ったんだから」

「ちょっとぐらいカッコつけさせてくださいよ」

会計をする太一の後ろ姿が堂々として見える。子ども扱いしていた自分の方が子どもみたいだ。振り向きざまに笑顔で会釈をして、ドアを出るとスマホを指でスライドさせて「メールします」と口を動かした。シャツジャケットをなびかせて駆け出したのは駅とは反対方向だった。

馬鹿だな、アイツ。きっとカッコ悪くて戻れないから遠回りするんだよ。でもカッコいい。尊敬した。会えて良かった。

本当は「今度ウチにラーメン試食しに来てよ」と言いたかったけど、言えなかった。

自分より一歩先を行く太一を羨みながら、何もできていない自分に悔しくなったからだ。

「何をやってるんだ私は」

そう吐き捨ててから、冷めたハーブティーを飲み干した。

化粧室でメイクを直しながら、次に会うときまでに私も成長するぞと誓った。

太一に焚きつけられ、のんびりした日々に決別する。麺づくり学校を訪ね修業先のことを相談した。学校には相談課という大学の就職課のような部署があり、卒業後もさまざまな相談に乗ってくれるのだ。

事前に記入用紙を渡され必要事項を書き入れる。就職、開業、その他のいずれかに◯をつけるようになっていて、就職と開業に◯をした。

相談課には数人先約がいた。仕切られたパーテーションの向こうから声が漏れ聞こえる。

「店長と合わなくて」「パワハラ炸裂《さくれつ》で超長時間労働なんですよ」

お願いだから気分を下げないでほしい。ひとりは女性の声だった。

「門阪さんは、就職と開業に◯がついてますが、どちらもということですね。ちなみに現在はどのような状況ですか？」

「まだお店で働いていないので、そろそろ修業しないといけないいなと思ってて。でも家では毎日調理実習をしています」

「我々は『修業』という言葉を好みません。ですから修業先を斡旋《あっせん》するのではなく、研修先、あるいは就職先をお探しするということでよろしいでしょうか」

担当者が学校の考えを伝える。こだわるのは自信の表れだろうと解釈した。

話が進むにつれ、適当期間の〝研修〟の必要性を説かれた。ほとんどの人が、開業する店のイメージから逆算して物事を考えるが、よほど具体的なビジョンがないかぎり、あまり決め込まずにラーメンづくりを身に沁み込ませるのが先決だと言う。大切なのはお金を稼ぎながらラーメンをつくることだ。

お金を払って学ぶのは学習だが、金を稼ぐのはプロである。いつ誰が、どんな注文をするかわからない状況下で、スピーディにラーメンをつくって提供する。円滑に仕事ができるための環境、流れ、客からの苦情など、さまざまな問題を、現場を通してプロとして経験することが重要なのだ。

「開業される意志もおありのようですが、どのような店を想定されていますか?」

漠然としたイメージを瞬時にまとめにかかる。へんなことを言わないように言葉を選んだ。

「女性にアプローチしたお店です」

すんなり言えた。これは本音だ。

「良いと思います。いくらブームとはいえ、ラーメン店は女性にとって入りづらい場所であることは変わらないですからね。どんなラーメンを提供されるんですか?」

「基本的には鶏がらベースのスープを考えていて、あとはバリエーションを」

「であれば鶏がらスープのお店で働くのが良いですね。いくつかご紹介できますよ」

話はスムーズに進み、提案された数店舗の場所や勤務条件などを吟味した。中には専門誌常連の有名店もあったが、威勢が良すぎるザッツ体育会っぽかったのでちょっと。どの店も時給千円からという条件にため息が漏れたが、修業とはそういうものだ。

祐天寺《ゆうてんじ》の自宅から電車で四十分圏内を探していた有希は、新橋にある『花水木《はなみずき》』を希望した。女性誌にも取り上げられる新しくてキレイな店だ。太一が勤務する新橋ということもポイントになった。

「ではオーナーに連絡しておきますので、面接日時は店舗から連絡が入ると思います。面接の上、結果が出ますのでよろしくお願いいたします」

「え」

「なにか不明な点はおありですか。ひょっとしてこの場で採用が決定すると思ってましたか」

担当者のいじわるな言葉につくり笑顔を返したが、バレただろう。都合よく考えすぎていた自分に呆れた。

6

新橋駅のガード下から脇《わき》に入ったところにある『花水木』は、ラーメン屋特有の雑然とした雰囲気はなく、奥行きのある店内の入り口には枝つきのハナミズキが生けてある。メニューの貼《は》り紙やビール会社のポスターもなく、テーブル席の一輪挿しが目を惹《ひ》いた。女子が好きそう、というのが店の第一印象だ。

「ようこそおいでくださいました」

『花水木』のオーナー野上拓弥《のがみたくや》が深々と頭を下げてテーブルの向こうに座った。

「店名が『花水木』ですからね。春から初夏にかけてキレイな花が咲くんですよ。週に一度、花屋さんに来ていただいて取り換えてもらうんです」

「素敵な店名ですね、お花が好きなんですか？」

「いいえ。ちょっと前に流行《はや》りましたよね、『ハナミズキ』って曲。あの曲が好きで、店を始めるときにつけようと思ったんです。花なんて贈ったこともらったこともありませんよ」

物腰の柔らかさだけで良い人に思えた。穏やかな話し方にも好感がある。

「ハナミズキの季節が過ぎたら何を生けるんですか？」

「お花屋さんまかせですよ。予算六千円でお願いしているんですが高いのか安いのかさっぱり」

「これだけの切り枝で六千円は安いと思いますよ」

「お花詳しいんですか？」

「前職が社長秘書だったので、仕事上、贈花をすることも多くて、ずいぶん悩みました。豪華すぎると下品になってしまうから難しいんです」

「社長秘書ですか。なぜラーメン店で働こうと？」

案の定、食いつかれる。履歴書には総務部勤務としか書かなかった。

「ラーメンが好きなことが前提にあるんですが、人生の局面でラーメンを食べたことが何度もあったんです。嬉《うれ》しいときよりも辛《つら》いときの方が圧倒的に多かったんですけど、なんでいつもラーメンなんだろうって思っているうちに、ラーメンがすごく身近なものに思えてきて、それで……」

つい本音で喋っていた。出会ってまだ十分もたたない相手に。野上は柔らかな顔でうなずいている。この柔らかさに口が滑ってしまったのだ。

「門阪さんがお勤めになっていた会社は我々の業界に参入されますよね。ネットでも話題になっていますよ」

「私が退職してから発表されたことなので。でも会社の事業部としてラーメン店を経営するということには関心がなくて、やるんだったら個人経営でと思っていました」

「そうですか」

余計なことをほじくらない距離感に、また口が軽くなる。

「野上さんはどうしてラーメン店をはじめられたんですか？」

「実家が岩手県の久慈《くじ》市で食堂をやっていたんですが、先の東日本大震災で津波に呑《の》み込まれてしまったんですよ。三陸《さんりく》の海鮮や定食ものを食べる、いわゆる定食屋だったんですが、ラーメンが一番人気でしてね。東北地方は濃い味が好まれるから、せめてラーメンだけはさっぱりした素朴な味にしようということで、父が鶏《とり》がらと煮干しで出汁《だし》をとったら、すごくウケたんです。私は後を継ぐ気もなく東京でサラリーマンをしていたんですが、やはり両親のことが気になり、いつか故郷で店を復活できるようにと思って脱サラして、ラーメン屋で三年間修業したのちに店を出したんですよ。もっとも定食などは頭になく、ラーメン一本でという考えですが。両親は健在ですから心配しないでくださいね」

壮絶なエピソードにただうなずく。聞けば、津波が襲った日は定休日で、両親は内陸にある先祖の墓参りをしていたという。流された店の跡を訪れた父は途方に暮れ、生きる気力をなくしたと言ったのだとか。それを聞いた母親が、生きながらえた者が気力をなくしてどうすると叱《しか》ったそうだ。

店は再建できないままだが、震災後すぐに父親は実家の車庫を改良してラーメンの炊《た》き出しを始め、今はボランティアに精を出しているという。

「私が生まれた年に開店したので、続いていれば今年で四十年になります。そろそろ父の店を復活させてやりたいんですが、こちらが忙しくなって、それどころじゃなくなってしまいました。もっとも『花水木』の支店にしたところで父が首を縦に振るかどうか。父と子って、意地の張り合いみたいなものがありますからね」

「大変な思いでお店を出されたんですね」

「大変でしたが、それまでの生活に満たされない思いもありましたから、運命だと思っています。私の話はこれぐらいにして、早速ですが、いつから手伝っていただけるんですか？」

〝手伝って〟という言葉にじんとする。なんて相手を気遣う人なんだ。だからこの店は流行るのだと決めつけた。

「よければウチのラーメンを食べてくれませんか」

それほど空腹ではなかったが、印象を悪くしないために「はい」と返した。

野上が席を離れ、てぼをふって湯切りをする。塩ラーメンの透き通ったスープが、甘くて深みのある匂《にお》いを運んだ。

「どうぞ」

感想を待ちわびるような野上に、「おいしいです」と答えた。

「ありがとうございます。いちばん素朴だけど、いちばん難しいラーメンなんです」

ちぢれ麵《めん》に絡んだスープは甘くて深い味だった。チャーシューにも甘さが染み込んでいて、それが時間をかけて丁寧に取り除かれた鶏がらと煮干しから採られたものだとわかった。自主練では出せない、有希にとってどうしても上手《うま》くいかない壁のような味に何度もうなずいた。

有希の表情をおもしろがるように、野上から「しょうゆも食べてみて」と勧められる。

「どうです？」

「似ているようだけど違う味です」と素直に答える。

「そうなんです。似ているようで違うってすごくないですか」

野上が声高になった。

「どっちが好きですか」という質問には、「どっちも」と答えた。

「僕は出汁という概念にとらわれすぎず、スープの骨組みをつくるという感覚を大切にしているんですよ。出汁はスープの土台、そこがしっかりしていれば、塩とかしょうゆで味付けの違いはあっても、ベースの部分に共通の味わいが出るんです。もちろん極力、薄味ですよ。せっかくの出汁が調味料によってぼやけてしまいますからね。京料理にちかいというのは言い過ぎかもしれませんが、それぐらいやさしい味で沁《し》み入るような甘さが『花水木』のスープなんですよ。女性って、インパクトではなく広がりのある味が好きじゃないですか。コーヒーよりも紅茶みたいに。ほんと、シンプルなんですよ。だから本当に難しい」

力説する野上に、敬意が芽生えていく。

「ごめんなさい。無理に食べさせちゃって」

「いえ、本当に美味《おい》しかったです」

「出店を考えていらっしゃるのなら一日でも早くウチにおいでください」

「はい、早速お世話になりたいです」

「あまり修業と考えずに協力してくださいね。あ、〝修業〟はNGでしたね。あの担当者が嫌がるんですよ」

素晴らしい人との出会いに胸が熱くなる。ここでならちゃんとした〝研修〟ができそうだ。有希は入社志望の会社に内定したように気持ちが舞い上がった。

アルバイトは二週間後からに決まった。週替わりで早番と遅番をスイッチさせて仕事を覚えられるようにと野上が配慮してくれた。

休憩時間の店員から「よろしくお願いします」と言われたのは、野上の教育だろう。この店のひとつひとつに感心し、その都度野上を尊敬する。単なるアルバイト面接なのに、スタッフ全員で見送られた。

帰りの電車で、〈ハナミズキ〉をググると、昔、東京市長がアメリカのワシントンに桜の木を寄贈した際、そのお返しとして日本に贈られた花と書いてあった。花言葉は『返礼』。『私の想《おも》いを受けてください』という意味もある。たしか歌には、〝君と好きな人が百年続きますように〟というフレーズがあった。

野上がハナミズキを店名にしたのは、単に歌が好きだという理由だけだろうか。そんなことを思うと、一日でも早く働きたくなってきた。

太一に報告しなきゃ。

駅とは反対方向にあるラーメン店に向かっていた。このままスキップしたい気分。弾んだ気持ちで店先に立つと、太一が私を見つけ、あっという顔をした。ピースサインで入店の意志を伝えたら、

「マジっすか」と口を動かした。

スタッフが、知り合い？という顔で窺《うかが》い、太一がコクリとしてから奥に消えた。

「いらっしゃいませ。あいつに注文とらせますね。おーい！」

店長に呼ばれ、前掛けで手を拭《ふ》きながら太一が横についた。

「ご注文は何にされますか」

「しょうゆで」

「しょうゆ一丁、いただきました！」

大声で注文を伝えると、太一はまた奥に消えた。

とても話せそうな雰囲気ではないが、活気ある店で働く太一が頼もしく見えた。

味はパンチのある煮干しベースで、いかにも無骨な新橋という雰囲気。チャーシューが四枚のっていたので、あれって顔をすると店長が口元を緩めて私を見た。かなり厚切りで手強そうだったが、やわらかくておいしかった。隣の客が頼んだチャーシュー麺と同量だったことに気づいて店長に頭を下げた。

午後四時だというのに客の回転が速く、食べ終わったらすぐに店を出た。店長が呼びましょうかという目をしたがかぶりを振った。太一の顔を見てから帰ろうと思ったけれど、仕事の邪魔になるから遠慮した。

太一からＬＩＮＥが来たのは十時過ぎ。それまでスマホを触れなかったのだろう。

〈姐《ねえ》さん来てくれてありがとうございました。話せなくてすみません。また来てください！〉

絵文字がないだけでかしこまった文面に見えた。

〈チャーシューが四枚も入ってた♡〉

〈店長、女の人には調子いいんすよ。後でチャーシュー代は給料天引きって言われました〉

〈ナイス店長！〉

〈そこ？　でも、そうすね。尊敬できる人です〉

〈太一、頑張ってたね〉

〈皿洗いだけじゃなくて仕込みもやってるんすけどね。覚え早いってよく言われます〉

〈有望な店長候補だ〉

〈まだまだ修業っす〉

〈おいしかったよ。好きな味だったし〉

〈そのうち俺《おれ》がもっとうまいのつくりますよ〉

〈それは楽しみだ。また行くね〉

〈待ってます。またランチしましょう！〉

〈それはどうかな？〉

〈チーン〉

ＬＩＮＥでじゃれ合うのはいつ以来だろう。社長室で仕事をしながら萩原とＬＩＮＥをし合ったことを思いだす。会議中にわざとデートの約束をして困らせたこともあったが、〈バレないようにする緊張感がたまらない〉とバカみたいな返信をしてきた。ふつう会議中はＬＩＮＥ見ないだろうと今頃《いまごろ》になって笑えてくる。

いちいち萩原を思いだすようじゃ進歩がないな。少し時間が経《た》ったからか、悔しい気持ちが薄らいできたのかも。ダメダメ、萩原への悔しさが原動力だったのに、そんなことでどうするんだ！アイツは私と別れるために私をクビにした悪人で、すぐに乗り換えた女優にラーメン屋でプロポーズしたろくでなしだぞ。アイツを見返すためにラーメン屋になると決めたのに……。

お風呂《ふろ》に入って気持ちを鎮めたら、もういちど太一にＬＩＮＥしたくなった。

〈働いてる太一、カッコよかったよ〉

しばらく待ったけど、返信はなかった。恨めしい気持ちでスマホを眺めながら、明日は早番だと言ってたし、と折り合いをつけた。

二週間後、『花水木』でのバイトがはじまった。朝七時半に出勤すると、背が高く、オシャレに髭《ひげ》を整えた男がタオルではちまきをつくって待ち構えていた。

「副店長の木之内《きのうち》だ。よろしく」

いかにもラーメン求道者という感じを漂わせていて、少し引いた。

早番スタッフとの挨拶《あいさつ》もほどほどに寸胴《ずんどう》に水を入れ、下処理を済ませた鶏がらを投入して煮込みを開始する。木之内からすべての作業は寸胴のスープに火をかけながら行うようにと念を押される。

三十分ほどするとスープが沸騰、アクを丁寧にとりながら火力を調整しさらに煮込んでタレづくりを開始。チャーシュー用の豚肉も寸胴に入れて同時に煮込む。

「チャーシューって焼豚って書くのに、なぜ煮込むんでしょう」

有希の素朴な疑問に木之内は「確かに」と前置きしてから、「スープと一緒に煮込むことで、スープには複雑な深みが加えられ、チャーシューは柔らかみと甘味がでるんだ。出汁の役割もある」と答えた。丁寧な対応に苦手な印象が和らぐ。

煮卵づくりは半熟卵をしょうゆダレにつけておくだけなので、正確には味付け卵ということになる。きれいに殻を剝《む》くには工夫が必要で、茹《ゆ》でる際に塩を混ぜたり、茹であがった卵を冷水につけて急激に冷ましてから細かなひびを入れたり意外と神経を使う。

味付け卵の完成を待つ間にネギを刻み、野菜など具材をカットしたらメンマの水気をとる。

「メンマは塩漬けにしたものか、塩抜きをして水煮にしたもののいずれかをオーダーするんだが、ウチでは味付けまでお願いしているんだ。さて、メンマにとっていちばん大切なことはなんだと思う？」

いきなり質問され戸惑った。

「ほら、火加減を忘れるなよ」

はっとして寸胴をかきまぜているうちに質問が飛んでしまった。

「ラーメン屋は同時にいくつもの作業ができないと務まらないぞ」

「えーと……シャキシャキ感ですか」

「そう。業者と試食をしてどれぐらいの食感にするか決めるんだ。素人なのによく知ってるな」

素人という言葉にムッとする。

「なんだ、ムッとしたのか？」

有希はなにかとバレやすい女なのだ。

「では次。メンマとチャーシューを入れるとスープが冷めてしまう。門阪さんならどうする？」

簡単な質問に、「温めておけばいいんじゃないですか」とぶつけるように言った。

「そうだ。では次。ナルトの名前の由来は何か知ってるか？」

木之内が面倒くさいクイズ魔に思えてきた。無口な頑固者のほうがマシかも。寸胴の火の番をしながら、ナルト発祥の蘊蓄《うんちく》を聞かされる。毎日この調子で蘊蓄を聞かなければならないのかとうんざりしていたところに、用事を済ませた野上が戻ってきた。

「おはようございます。今日からよろしくお願いしますね。もう木之内の蘊蓄攻撃には遭《あ》いましたか」

「いえ、いろいろ教えていただいています」

「半分は無駄な蘊蓄だから、うまく聞き分けてくださいね」

笑いながら言う野上に、木之内がパンパンと手を打ち鳴らした。

「はいはい、手も目も休めない。火加減に手加減なし」

微妙なダジャレに失笑を堪《こら》えていると、木之内が、〝ウケるだろ〟、というような得意顔をした。

これが本当の意味で修業だったりして。

チャーシューを二時間ほど煮込んだところで取り出し、煮干しベースの特性しょうゆダレに三十分漬け込む。十時半を過ぎ開店まであと一時間となったところで、ゆで麵機に水を入れ火力を強める。客席をセッティングし、カウンターとテーブルを拭き、箸《はし》や調味料を並べる。作業台に具材、トッピング、タレ、調味料などを並べ準備を整えると開店時間が近づいた。

開店十分前になり店先に数人の客が並んだ。

「これがシャッターポールか」

思わず口にすると、「ありがたいことだね」と野上が微笑《ほほえ》んだ。

十一時半の開店とともに並んでいた客がなだれ込み、カウンターの角から席が埋められていく。これには何か理由があるのだろうかと考えている間に券売機に客が並び、食券を買い、流れ作業のようにセルフサービスのウォーターサーバーで水を取っていく。システマチックな客の動きに目をやりながら、なんで昼前から険しい顔をしているのだろうと心でつぶやく。

「はい、しょうゆ二丁、塩四丁うち大盛り二、煮卵オール、海苔《のり》トッピングしょうゆ一、塩二」

オーダーを呼び上げる木之内に厨房スタッフが声を重ねる。市場の競りのような活気に有希が狼狽える。

「ほらどいて、そこ邪魔」

『リョウタ』と書かれた名札をつけた茶髪の若者が、肘《ひじ》で有希をどけ、品物を運ぶ。

「お待ちどおさまでした、塩ラーメン、海苔、煮卵トッピングです」

この店ではカウンターの中からラーメンを提供することを禁じている。

〝お客様は神様。床を持ち上げて客席より高くなっている調理場から丼《どんぶり》を出すのは失礼です〟。面接時に野上が、父親から五月蠅《うるさ》く言われたという教訓を聞かせてくれた。この店が清潔で整頓《せいとん》されているのは野上の父親の影響もあるようだ。

チャーシューは脂《あぶら》と肉のバランスと柔らかな食感にこだわりモモ肉だけを使っている。チャーシュー丼《どん》もチャーシューのテイクアウトもなく、サイドメニュー鉄板の餃子《ギョーザ》もない徹底ぶり。チャーシューからにじみ出る旨味《うまみ》がスープのアクセントというラーメンに、チャーシューが食べ残されていると、鮮度を確かめるために試食をする。

開店早々満席となり、客にラーメンが行き届かないうちに店の外では小さな行列ができはじめた。メニューを注文する客の声とオーダーを受ける調理場の声、おたまで鍋を打つ音や慌ただしいスタッフの動きに戸惑い足が止まった。食べ終わった客が席を立ち、即座に空いた丼を片づけようとすると、リョウタが有希を呼び寄せた。

「すぐに片さなくてもいいから、奥手伝って」

「でもお客さん外で待ってるし」

「いいから」

店内を覗《のぞ》き込み空席を指す客と目を合わせないように奥へと消えた。

なんで？　私が客なら腹たつんだけど。メンマと海苔をトッピングして丼をカウンターへ運び、空いた丼を横目にまた奥へと戻る。

スタッフ五人のうちホール係はリョウタと有希。かといってただラーメンを運べばいいというわけではなく、厨房《ちゅうぼう》でトッピングメニューのサポートやスープ鍋の火加減にも目を配らなくてはならず、あっという間に溜《た》まる丼を洗い、すすいで水滴をとり棚に戻す。仕事の流れを頭で理解していても行動がともなわない。この日の午前中だけでどれだけ邪魔と言われたことか。穏やかな野上にさえ「ちょっとどいて」と言われ、端に寄ると、「なにつっ立ってるの」と別のスタッフに叱られる。

パニックになりそうな頭に、〝落ちつけ〟と言い聞かせてカウンターに目を配る。

「今、下げて」

リョウタの指示に従い、放置されていた丼を下げてダスターでカウンターを拭いた。

「お待ちの二名様、ご案内してください」

待ちくたびれた客が、やっとかよという目で入店し券売機の前に立った。

カウンターの隅から替え玉のオーダーが入る。替え玉は券売機ではなく、その場でオーダーがとられる。いちいち食券を買うのが面倒な客がよくやることだ。最初はトッピングなしのシンプルな味を楽しんでから、という意味だけではなく、丼を持った客には素早く提供しなければならないという店側の心理を見越した常套《じょうとう》手段だ。

午後二時を過ぎてようやく行列はなくなり店内に落ちつきが戻った。常連らしきサラリーマンが丼を空にして爪楊枝《つまようじ》をくわえながら野上に話しかけた。

「やっぱこの時間がベストだな。このあたりのサラリーマンはどこも昼休みの時間が決まってるから人気店は戦場だね」

「ありがたいことですよ。いつも急がせて申し訳ありません」

「メシ食うのが遅いやつは出世も遅いんだよ。もっとも若い連中は何食ってもろくに味わってないけど」

「ゆっくり味わってもらいたいんですけどね」

「そんなこと言って居座られたら困るくせに」

そう言いながらサラリーマンはしばらく帰らなかった。

ランチタイムが終わり暖簾《のれん》を下げるのも有希の役目。さっきは真上にあった太陽が西に傾きかけている。長い息を吐いたら急にお腹《なか》がへった。

「さぁ、あとひと踏ん張り。さっと片づけてまかないにしよう」

木之内が目尻《めじり》を下げて汗を拭《ぬぐ》う。奥から「腹へって死にそうっす」とリョウタが叫んでいる。

「まかないは何ですかー」とも。

生まれて初めて食べたまかないは、チャーシューを細かく刻んだチャーハンだった。メニューにはないが、常連客には隠しメニューとして人気の品で、他のスタッフと同じようにおかわりをした。

慣れない重労働をやりとげた気分でいると、リョウタが話しかけてきた。

「なんでさっきカウンターの丼を片さなくていいって言ったと思います？」

「わかんない」

「わかんないじゃなくて、考えてみなよ」

〝なに、その言い方。あなた、歳下《としした》でしょ〟と目で言った。

「食べ終わった丼があると、客はまだその席に座れないと思うでしょ。片づけちゃうと、なんで早く座らせてくれないんだって思うんですよ。要するに座らせないためなんですよ。そのへんが心理戦で、座ったのに忙しくてなかなか注文が出てこないというより、席に案内するのを遅らせた方がいいんですよ」

納得。チャラチャラした印象が一気に消えた。太一もそうだが、リョウタにも志を感じる。

「偉そうに、この前、教えてやったばかりじゃないか」

木之内に茶化され顔を赤くしたリョウタが、「いちお、先輩なんで」と有希に目をやりながら外していたピアスをつけた。この店ではピアスやネックレスをすることが禁止されていて、開店前には爪《つめ》のチェックも行われる。サラリーマンの街なのに女性客が多いのは、そんな理由もあるのだろう。

「じゃ、イップクしてきまーす」

短い休憩時間にも私服に着替えるところが若者っぽい。リョウタは膝《ひざ》の抜けたジーンズにパーカーをはおり、手ぬぐいで押さえつけられた髪を隠すようにキャップをかぶって出て行った。

「あいつ、いろいろヤンチャやってたみたいだけど、すごく頑張ってんだよ」

リョウタが作務衣《さむえ》の下にタートルネックを着ていたのはタトゥーが入っているからだと木之内から聞かされた。すると話が聞こえたんじゃないかと思うほど早く、リョウタが戻ってきた。

「いけねっ」

そう言いながらスタッフが平らげた皿を重ねて洗い場に運んだ。

「え、私洗います」

有希が申し訳なさそうに頭をさげると、「いいから、いいから」と言ってリョウタが皿を洗いはじめた。

『花水木』では新人スタッフが皿洗いをすることになっているが、リョウタはそれを有希に伝えなかった。洗い物を終えて逆さにかぶったキャップを元に戻すと、リョウタが口笛を吹きながら出て行った。ｂａｃｋ ｎｕｍｂｅｒの『花束』、有希の好きな曲だった。

朝五時に起きてシャワーを浴びてから軽い朝食をとり六時半に家を出る。ＯＬ時代、苦痛だった満員電車も六時台は空《す》いていて、渋谷で銀座線に乗り換えても座れることがある。意地でも座るぞというオーラを出しているのは女性の方が多い気がする。

ざっと厨房の掃除をすませてから鶏がらの下処理へ。シンクの上に、〝できる限りアクを取り、できる限りうまみを残す〟という貼り紙がある。鶏がらの表面のタンパク質を沸騰したお湯で固めてうまみを閉じめ込るのだ。

さっと下茹でした鶏がらを冷水で冷やす。血合いやアクの塊《かたまり》、骨と骨の間に残っている不純物を丁寧に取り除く。骨の奥にはレバーみたいなものや、血の塊みたいなものがあり、それがきれいに取り除かれていないと、スープにしたときに臭みが出てしまうから要注意。スタッフから遅いと言われるけれど、スープの決め手となる大切な作業なので焦らず丁寧にやろう。それにしてもこのグロさ、見れば見るほどエイリアンに見えてくる。

当面は朝のスープづくり補助を担当。寸胴の大きさや火力の違いはあるけれど、ずっと自主練をしていることもあり、すんなりとできるようになった。

「これじゃだめだ、やり直し」

木之内が下処理をすませた鶏がらをつまんで、指をさす。優しい口調は初日だけだった。

「まだ内臓が取りきれてないでしょう。これを使ったらスープに臭みがでるんですよ。そうならないための下処理なんだから、ちゃんとやってください」

気を遣われた敬語が痛い。きれいに取り除いたはずなのに、まだダメということか。

「鶏がらの下処理とアク取りは基本中の基本だぞ。それを怠るとラーメンそのものがダメになる。ちゃんとやってくれ」

敬語よりこっちの方がマシだ。

「スープを煮込む温度は何度だ？」

「90℃から94℃です」

「その意味は？」

「95℃以上になると生臭さがでるからです」

上手くいかなければ、復唱してポイントを確認させられる。悔しいけれど、これで失敗は繰り返さない。何日も復唱を重ねながら、有希は仕事を覚えていった。

通常は三ヶ月間の研修が必要だが、有希は二ヶ月で社員になった。

社員になり二ヶ月間ほどすると、下処理だけではなくスープづくりを任されるようになった。自主練の成果もあり、野上からは筋がいいと褒《ほ》められた。仕事の流れも身につき、スタッフからも信頼を得られた。木之内から、〝有希ちゃん〟と呼ばれるようになったことがそれを物語っている。リョウタが、〝有希姐さん〟と呼んだら、〝お前が言うとそっち系に聞こえるからやめろ〟と木之内に注意されていた。

社員になった有希は、月曜朝の花の仕入れを任されることになった。種類によっては週のうちにたくさんの花が咲く。芽吹いたばかりの蕾《つぼみ》が花を咲かせるのは嬉しいもので、毎日の手入れは欠かさない。

お役御免になった切り枝は、自宅に持ち帰って花瓶に生けている。おかげでダイニングテーブルには五種類もの枝が色とりどりの花をつけている。場所をとるため狭くて化粧セットを置くのがやっとだが、最近はほとんど化粧もしなくなったから問題はない。

ばっちりメイクをしていた頃よりも、ノーメイクに近い今の方が気持ちも穏やかだ。何かの本に書いてあった、〝メイクは女の鎧《よろい》〟という言葉を思いだす。

あの頃はそれだけ戦闘モードになっていたということか。メイクに時間をかけて髪をセットしてピンヒールを履いてブランド物のバッグを持って、高層ビルのエントランスに向かうだけでステイタスを感じていたけれど、一体何をアピールしていたのだろう？　短く切り揃えた爪を眺めながら、『鎧』の意味をしみじみ考える。給料は、ＯＬ時代にはとても追いつかないが、賃金には換えられない充実感がある。

OL時代は人を支えることが有希の役割だった。萩原を支え、萩原が悪く見られないように、あらゆる場面でさまざまなアドバイスをした。恋人と疑われないようにすることはうまくできなかったけれど、それでも適切な距離は保ったつもりだ。

「有希は秘書とかマネージャーというよりマザーだね。いつも見守ってくれる安心感がある」

恋人としては微妙な言葉だったが、女としては嬉しかった。母親の苦労を知っているし、貧しくても安心させてくれる包容力があったから。萩原を傍若無人《ぼうじゃくぶじん》な男にしてしまったのは、私の子育てが失敗だということか。

つまり私は恋人としてもマザーとしても失格だったことになる。ちがうちがう、悪いのは萩原だ。私は献身的にアイツを支えてきた。だからあそこまで大きくなれたんだ。私がいなければアイツはぜったい苦労する。

ひとりごとにもならない心の声。しばらく忙しくて仕事以外のことを考えられなかったが、こうして余裕ができるとまた萩原のことを思いだしてしまう。まだ未練があるのだろうかと胸に問いかけてみたが、戻りたいとは思わない。

強がりではなく本音で。

結婚した女優とのことは許せなかったけれど、それもどうでもよくなった。それよりもビジネスの方は大丈夫だろうか。上場してイケイケなのはわかるけれど、調子にのりすぎて誰かに足下をすくわれないかと心配になる。これが萩原の言うマザーっていうやつだろうか。

毎日へとへとになり、仕事がない日は目が覚めるまで寝ていたが、そんな休日にも飽きた。身体《からだ》を休めのんびり過ごすだけでは何も先に進まない。久しぶりに朝ヨガのレッスンを受けてからカフェランチをして、メニューやオペレーションや内装なども見ておこう。最近のカフェランチは意外にガッツリ系が多く、単なるヘルシーブームは過ぎている。街にはいろんなヒントがあるはずだ。

7

ふと見つけた『ひとてまや』というおばんざいの店は、京都出身の女性ふたりでやっているかわいいお店。自由《じゆう》が丘《おか》のひっそりとした住宅街にある木造の一軒家で、厨房と対面式のカウンターに数種類のお惣菜《そうざい》が並んでいる。白米と玄米と五穀米から選ぶことができて、米粉で焼いた食パンというチョイスもある。

世界地図みたいなイラストの中に数種類の惣菜が区分けされて書かれていて、食べたい物に印をつけてオーダーするシステム。惣菜にはそれぞれ味の特徴と栄養素が書かれていて、四種類以上をチョイスし、それに味噌汁《みそしる》と漬け物が添えられる。保存料、化学調味料をいっさい使わない健康志向への本気さが感じられ、店名にもなるほどと思った。

〝京料理いうんは、調味するんやなくて素材そのものの味を引き出す調理法です。薄口やなぁって感じることは、それだけ濃い味に慣れてしまっているということでもあるんです。味付けという考えではなく、出汁で味の下地をつくる。旨味の中にある甘味を調味料で損なわんようにすることを心がけています〟。

黒板に書かれた口語調の言葉に意気を感じる。店員のやわらかな京都弁にも憧《あこが》れ、こんなに穏やかでかわいい店が持てたら幸せだろうなと想いを巡らせた。

身体を動かしたぶんお腹が空いたので五品選んだ。いんげんのごま和え、冬瓜《とうがん》そぼろあんかけ、生麩《なまふ》の揚げ出し、トマトと新玉ねぎのサラダ、にしんと茄子《なす》の煮物。お盆に載った小皿や鉢が可愛《かわい》くてスマホで写真を撮った。久々にインスタにアップしようと思ったがやめた。ＯＬっぽいことは卒業だ。

使い込んだテーブルの深い味わい、一脚ずつ違う椅子《いす》の座面には色違いのファブリックが張ってある。電球色のやわらかな灯《あか》りも落ちつくし、壁掛けの野菜の画《え》もすごくマッチしている。陶器に生けられた花、障子《しょうじ》、磨りガラス、和紙のランプシェード、徹底した和モダンの雰囲気が素敵だ。

「いただきます」

そっと手を合わせたら、店員の女性が口元を緩めた。

ランチタイム終了ぎりぎりに入店したので、箸をすすめているうちに客は有希ひとりになり、対面式の厨房から話しかけられた。

「はじめてですよね。お口に合いますか」

「はい、やさしい味だけど広がりますね」

「まぁ、上手な言葉。広がるっていう言葉、うれしいです」

「そんな」こちらの方が嬉しくなった。

「ウチの料理はどこにでもあるような家庭料理なんです。コンロも家庭用の火力やし、特別な調理はできないですけど、その方がへんに頑張らんくていいのかなって気持ちが楽になります」

「頑張ってないのにすごくおいしい。からだが欲しがっているものを食べている感じ」

「ほんまですか。それ、いちばんうれしいです。きっと旬《しゅん》の物をお出ししてるからやないですか」

興味深い言葉に箸を止める。店員は有希の要求に応《こた》えるように話を続けた。

「世の中にはいろんな誤解があって、旬の食材は高いと思われがちなんですけど、たくさん収穫できるから旬なんですよ。だから旬の食材は味も良くて値段も安いんです。そのぶん、どんな料理屋さんでも旬の食材を使うから誤魔化せませんけどね」

知ってはいたが、おいしい料理を食べた後には妙に納得させられる。

「ラーメン、好きですか？」唐突だと知りつつ切り出してみた。

「好きですよ。鶏ベースのものがあっさりして好きです。塩としょうゆでいつも悩みますね」

「やっぱり鶏ですよね。さっぱりして美味しい、私も大好きです」

「罪悪感もないし」

「罪悪感かぁ。それキーワードかも」

「とんこつとかも嫌いやないんですけど、食べ終わった後にすごい罪悪感あるやないですか。味が濃いからお水とかすごく飲んじゃうし」

「どれぐらいのペースでラーメン食べます？」

「月に二回ぐらいやろか。ふた月に三回ぐらいかも。中毒性があるから勢いで入っちゃうこともあります」

「ひとりで？」

「ひとりはちょっと。女ともだちとでも勇気がいります」

いつしかマーケティングリサーチになっていた。彼女の言葉は大きなヒントで、食べたいのに食べに行きづらいというのは女性にとって課題である。女性のひとり焼き肉はポピュラーになってきたのに、なんでラーメン店の扉は今でも重いのだろう。

「おそば屋さんとか、うどん屋さんは平気なのに、ラーメンと聞くだけで女子には呪縛《じゅばく》がうまれますよね」

「ラーメンは別物やから。だめだめって言いながらついつい食べてしまう。女子もジャンクフードが欲しいんですよ。ひょっとしてラーメン屋さんですか?」

「いえ、まだまだ先の話です」

「この近くでやりはるんですか? 自由が丘女子はラーメン難民なんですよ。救世主になってください」

「まだぜんぜんだから」猛アピールに手で顔を煽《あお》った。

「ぜったいに鶏がらと魚介出汁ベースのラーメンにしてくださいね。大味のスープというより、出汁味みたいな。そういうの女子はぜったい好きですよ。罪悪感ないですもん。ラーメンっていうより、鶏そばっていうか、〝ラーメンじゃないぞ、そばだぞ〟って、言い訳できる感じやったらすごく人気でると思います」

「ちょっと、ほんとちょっと待って!」暴走する店員の妄想にストップをかけた。

「ごめんなさいね、勝手なことばかり言うてしまって。ついこないだも妹と、このへんにはおいしいラーメン屋さんがないねって話してたんです」

そう言うと、ホールを片していたもうひとりの店員が「そうなんですよ」とうなずいた。

「私は仲村吉乃《なかむらよしの》と申します。妹とふたりでやってます」

「妹の仲村こずえです」

「おふたりともすてきな名前。京都っぽいですね」

「おじいちゃんが付けた名前なんですけど、どっちもおじいちゃんの好きやった芸者さんの名前らしいんです」

妹のこずえが、余計なことを、という目で吉乃を睨《にら》んだ。

「それって、おばあさんとかご両親は平気だったの？」悪のりして聞いてみる。

「たぶん誰も知らないと思います。おじいちゃんが死ぬ前に教えてくれたんですよ。〝ナイショやで〟って。お茶目でしょ」

「ちょっとお姉ちゃん」

妹のこずえが声色を変える。

「なんでもべらべら喋《しゃべ》るんですよ姉は。京都の女性のイメージが変わっちゃったでしょ」

むしろお高くとまっていると思っていたイメージが良くなった。

「おふたりでやられているんですか？」

「はい。形式上は私が経営者で妹が店長です」

「すごいですね、こんな良い場所でお店を持てるなんて」

「叔父《おじ》の家を使わせてもらってるんです。一軒家はなにかと大変やからって、叔父夫婦が近くのマンションに引っ越したのをいいことにわがまま言ったら、好きにしていいよって。東京で物件探してたときやったから、ラッキーでした。内装や家具なんかは妹と相談して決めたんですけど、どうですか？」

「すごく素敵」

「ほんまですか。すごく嬉しい」

「なんかうらやましいな」

「内情は火の車なんですけどね」

「私もお店を出したいと思っているのでいろいろ教えてください」

「よろこんで！　なんか気が合いそう、お友だちになりたいです」

「お姉ちゃん調子にのりすぎ」こずえが釘《くぎ》を刺す。

「いいやん。いいお客さんに出会えたんやから」

「図々しいやろ、はじめてのお客さんやのに」

「そんなことないですよ。こちらこそよろしくお願いします。友だちになりましょう」

どちらが姉かわからないようなやりとりも加味してふたりに好感をもった。飲食店オーナーの先輩としても。

「門阪有希です。三十五歳、独身です」

「わぁ。同い歳やわ。独身ってとこも。だから気が合うんや」

吉乃が嬉しそうに有希の手を取った。

「妹は三十二です」

こずえが、また余計なことをという目をしてから有希に笑いかけた。

話が弾みファッションや映画の話題にまでおよんだ。同じ時代を生きてきたというだけで身近に感じ、店舗経営についての質問にも吉乃は気軽に答えてくれた。

「私たちは恵まれていて叔父夫妻のおかげで家賃もかからず店の二階で暮らせているんです。だから余計にお店を頑張らないとだめなんです」

ずっと笑顔だった吉乃が真顔になった。店を開いて一年足らずで、最初はもっと薄味だったが、客にアンケートをとり少し濃いめの味に変えたらしい。吉乃はそのままの味でいこうとしたが、それでは東京では喜ばれないと、少し濃いめの味付けに変えようという妹と意見が対立したのだとか。姉妹会議を重ねながら、最終的には京都生まれの叔父夫妻の意見も交え妹の意見になったという。それでも急に味を変えるのはへんだと、一週間単位で少しずつ味を変えながら三ヶ月、つい先月に味を定着させることができたという。

「叔父夫妻には、こんな塩っぱいのは京都の味やないって言われるんですけどね」

こずえは眉《まゆ》をハの字にして、近頃は叔父夫妻が食べに来てくれないと嘆いた。

「あんたが言うから変えたんやからね。弱音吐かんといて」

「誰《だれ》が弱音吐いたって？」

「べそかきみたいな顔して」

ひとりっ子の有希には、姉妹げんかさえ羨《うらや》ましかった。

まだまだ話したそうな吉乃をよそに、こずえが「お姉ちゃん」と語調を強めた。

「早よせんと夜の準備間に合わへんよ」

ぺろっと舌をだす吉乃が可愛い。

「これからもランチタイムのラストに来てくださいね。たくさんおしゃべりできるし、よかったらまかないもご一緒しません?」

ときめくような誘いに、ウェルカムサインを送ったら「お姉ちゃん!」とまたこずえが釘を刺した。

「ごちそうさまでした。また来ますね」

ふたりは洗い物の手を止め見送りに来てくれた。

「おおきに、ありがとうございました」

美しい姿勢でお辞儀をするふたりが当面の目標になった。しばらく歩いてから振り返ると、背伸びをして暖簾を下げる吉乃が素敵だった。

充実した休日を過ごし、リフレッシュして新しい週を迎える。『花水木』に届いたばかりの切り枝を切りそろえ花瓶に生けた。

「いい匂いだね。この蕾、もう花が咲きそう」野上がそっと枝をつまんだ。

「切り枝にはいろんな表情があって楽しいですね」

「いいなぁそういう感性。女の子がひとりいると、むさ苦しくなくていいですね」

女の子と言われて少し照れる。女はいくら年下に見られても怒らない生き物だ。

「そういえば門阪さんの勤務されていた会社が始めたラーメン店が近くにできますね」

野上の言葉に頭がクラッとなった。

萩原が記者会見で公言していた時期よりずいぶん遅れているが、まさか自分が働く店の近くに開店させるとは。自分へのあてつけかと思ったが、有希が新橋で働いていることなど萩原が知る由もなく、知ったところで修業中の有希に嫌がらせをする意味がどこにある。そもそも新橋はラーメン激戦区だ。

「この先の角地、ずっと内装工事やってたところ。再来週の金曜日にオープンだって。自由が丘と武蔵小杉《むさしこすぎ》にも同時にオープンさせるみたいだよ」

「自由が丘にも?」思わず声が上ずった。

「そう三店舗同時に。資金力のある会社はすごいね」

やる気が一気に削がれていく。リフレッシュの有効期限が一瞬で切れた。

「『らーめん旬華《しゅんか》』って名前みたいだよ」

どうやら萩原とは切っても切れない因縁があるようだ。吉乃たちとの話を聞かれていたかのような展開に苛立ちを隠せない。嗾《けしか》けられているように感じるのは自意識過剰だろうか。それにしてもヨナはどうして教えてくれなかったのだろう。聞いたところで〝守秘義務だから〟と返されるに決まっているが、それぐらい教えてほしかった。ヨナには新橋で働いていることも伝えているし、まして百メートルも離れていない距離だ。

「競合店が増えましたね。ますます頑張りましょう」

野上の明るい口調に一旦《いったん》気持ちが鎮まる。苛立っていた有希にはアロマのような効果だ。

「今日のまかない当番は門阪さんですね。楽しみにしていますよ」

店の外には今日も開店前から行列ができている。私は私のペースでやるだけだ。これ以上、萩原に振り回されてたまるか。有希はいつもよりキツくエプロンの紐《ひも》を結んだ。

その日の仕事を終えるなりヨナに電話をした。

「もしもし、聞いたよ、私が働いているラーメン店のすぐ近くに店出すんだってね」

「そうよ」

「そうよ、って。なんで教えてくれないのよ。また守秘義務ってやつ？」

「そう、守秘義務」

「ほら」

「何が、〝ほら〟よ。じゃ聞くけど、私が先に教えたところであなたはどうしたの？」

「どうしたって、別に」

「答えになってないわよ。どうしたのって聞いてるの」

「そんなことどうだっていいじゃない。友だちなんだから教えてくれてもいいんじゃない？」

苦し紛れの言葉がヨナを怒らせた。

「有希はそこが甘いんだよ。ウチの会社は遊びでラーメン業界に進出するんじゃないんだからね。どのエリアに出店するかはマーケティング会議の末に決定するわけで、たまたまあなたの働いている店に近いからって何なのよ」

「でも」

「なにがでもよ。なんで会社の秘密を私が言うの？　しかもあなたは同業者よ。じゃあ、あなたのお店のレシピを私に教えられる？　人の秘密を、〝絶対に内緒だからね〟って言う人を信用できる？私はそういう人間じゃないし、私だったら信用しない。友だちだからって、そのあたりの線引きはしなさいよ」

もっともな意見にぐうの音もでない。電話したことを後悔した。次の言葉を見つけられずにいると、ヨナは遠慮なしにたたみかけた。

「いくらリベンジでも萩原社長のことを気にしすぎだよ。きっかけはどうであれ、あなたは自分の道を見つけたんでしょ？　もっと堂々としていなさいよ。それができないとこれから先やっていけないよ」

グサッとなったのにどこかすっきりした。本当は叱ってほしかったのかもしれない。いつまでも甘えるな、と。そしてヨナは叱ってくれた。スマホにあてた耳が痛くなるほど大きな声で。これが私の精神安定剤だとヨナはわかってくれている。いつか逆の立場になって言いくるめてやりたい。

「強いなヨナは。悔しいけど認める」

電話を切ってから言った。

よし、明日は今日より頑張る。明後日はもっとだ。そしてヨナよりも早く恋人を見つけてギャフンと言わせてやる。

社員にはなったが、このままでは店を持つことなどほど遠い夢だと有希は感じていた。現状の週五勤務では技術面の習得や現場感覚が身につかないと、有希は野上に週六勤務を申し出る。野上はシフト管理をする副店長の木之内に相談した。

「どういう風の吹き回しだ」

からかい半分の木之内を有希が睨む。

木之内が咳払《せきばら》いをしてから「週六勤務というのは大変だぞ」と真顔になった。

「大変さを味わわないとだめなんです」

「新シフトを組んだら二ヶ月は変更できないぞ」

「承知してます」

「じゃあもうお客さん扱いはなしだ」

「どういうことですか？」

「これまでと違ってビシビシしごくってことだよ」

「今までは甘やかされていたということですか？」

「すぐにわかるさ」

ふたりの視線がぶつかる。奥で店員たちがこちらを窺っている。

「基本的に早番は朝七時出勤で仕込みと開店準備、昼休憩一時間をはさんで夜の仕込みして十九時まで。遅番は十二時から二十四時までの、いずれも十二時間労働。残業代は払う。うちはブラック企業じゃないからな」

「ありがとうございます。頑張ります」

野上が腕を組んだままふたりのやりとりを見守っていた。


有希の本格的な修業がはじまった。ラーメン店の仕事は大きく分けると、ホール、調理、仕込み、清掃に分けられ、早番は朝七時に出勤し、厨房の床にブラシをかけ調理台やコンロ周りの汚れ残りをチェックする。清掃は遅番スタッフが閉店後に行うが『花水木』では朝にも行う。飲食店のモットーは第一に徹底的な衛生管理、それが野上の信条だ。

掃除が終われば夜のスープを仕込む。鶏がらとげんこつの血抜きをしている間に、ネギを刻みメンマや海苔を用意する。別の鍋では煮干しで出汁をとり、こまめにアク取りをする。いくつもの仕事を同時に行いプロの動きを身につけていく。

すべて自宅で自主練しているが、食材や寸胴のサイズが違うので鍋に水を張るだけで重労働だ。麺づくり実習をしているときの腕のプルプル感を思いだし、『花水木』が自家製麺でないことにホッとする。

「ラーメンブームになり値段が高騰して一杯千円以上する店もあるけれど、卵は五十年前と値段がほとんど変わらないんだ。業者から仕入れれば一個十円以下だ。これが煮卵になるだけで百円になる。味つけ卵は隠れエースだからうまくつくれよ」

木之内から半熟卵づくりを任された。簡単な作業だと思っていたが担当してみるとかなり難しい。沸騰した鍋とにらめっこしながら卵を取り上げて冷水にさらしたがうまく殻が剝けない。殻剝きに手間を焼いている間にスープ用の寸胴が沸騰し、厨房を忙《せわ》しなく動く。きれいに剝けなかった卵はまかない行きとなる。

「理科の実験じゃないんだから理屈だけじゃだめなんだよ。卵の薄皮をさーっと剝けるようになるにはコツ。コツっていうのは場数と感覚。感覚とは勘のことだ」

そう言いながら木之内が滑らかに殻を剝いていく。その手さばきは見ていて気持ちがいいほどだ。剝きあがった卵を漬けダレに投入するたびにタレが跳ねる。十円から百円に化ける魔法の漬けダレだ。

「漬け時間は決まってるんですか？」

「大体でいいんだよ。丼の中に入れたらタレの濃淡なんてわかんねえって。慎重にならなきゃいけないところはほかにあるからさ」

会話が聞こえたのか奥で野上が笑っている。その日は有希が鍵《かぎ》を開ける当番だったが、出勤したときには野上も木之内もいた。タイプは違うが、それぞれに愛情のある人だと有希は思った。

「週六になるからって気合いを入れすぎるとバテちゃうから、普段通りにやればいいよ」

木之内の気遣いに野上がかまをかけた。

「ということは、門阪さんは普段は合格点ということですか」

「ま、迷惑はかけていないというレベルですが」

有希は聞こえないふりをしながら卵の殻を剝き続けた。

自宅に帰るなりベッドに倒れ込む。壁に掛けられたバレンシアガのバッグをもう何ヶ月使っていないだろう。仰向《あおむ》けになり息を吸い込んで天井に吹き上げた。

萩原に負けてたまるか。新橋に来るなら来てみろ。

明日から朝食はスムージーとヨーグルトにしよう。腹筋と簡単なヨガも始める。しばらくバレンシアガの出番はない。今の有希には使い古されたトートバッグで十分だ。

開店三十分前、今日もシャッターポールの客がスマホで撮影をしている。しばらくは中国人が多かったが欧米系も増えてきた。ラーメン人気はいよいよ世界的になってきたということか。スタッフが、外国人に注文をとるのを億劫《おっくう》がっている。前職で英検二級を取得しておいて良かったと思った。

開店と同時にカウンターが満席になり、いきなり戦乱の巷《ちまた》に。最初の客たちの注文をすみやかに提供することが大切だ。それでも微妙に時間差をつけて丼を運ぶ。一気に席が埋まって一斉に席を立たれるのがいちばん困るのだ。客の回転率が速くなりすぎないようにするのもコツだと木之内が教えてくれた。

背の高い外国人が女性に作法を教えている。手を合わせ、箸の持ち方やレンゲのすくい方、外国では下品とされている麺の啜り方まで手振りを交えながらレクチャーしているのが可笑《おか》しい。はっきり聞き取れなかったが、中国に由来するラーメンが、日本人の食文化により新しい食べ物に進化したというようなニュアンスを伝えている。

「アメージング」を連発しながら、「トテモオイシイチヂレメンデスネ」とカタコトの日本語で木之内に話しかけていた。箸の持ち方は太一より上手いかもしれない。外国人に負けるな、慶應ボーイ。

「仕込みや下準備はすませてあるから、あとは客に目を配ればいい。忙殺される時間帯で必要なのは冷静でいることだ」

大切なことはすべて木之内が教えてくれる。野上があえて木之内に言わせているのだろう。噂《うわさ》では近々木之内が店長になるらしい。せめて自分がこの店を卒業するまでは木之内に教育係でいてほしい。

厨房とホールを縦横無尽に動くリョウタに感心していると、「姐さん、ジャマだってば」とまた邪魔もの扱いされた。左耳にピアスがついていたので、耳たぶをつまんで「ピアス」とサインを送ったら、舌を出して奥に消えていった。お荷物だった有希も無駄な動きがなくなり、スタッフとすれ違いざまに注文を確認したり細かい指示を出し合えるようになった。

　コツは感覚と場数。木之内の言葉に深くうなずく。一日の中でピークは開店から十四時までと、十八時から二十二時までの二回。営業時間のほとんどがピークだが、狼狽《うろた》えなくなってきた。

「客を一気に全員見るのではなく、ひとりひとり順をつけて見ればいい」

　麵づくり学校で習わなかったことを現場で教えてもらっているようだ。最初は苦手だったけれど木之内みたいな上司がいたら良かったのにと、前職に木之内を当てはめてみた。

8

『らーめん旬華』の開店日はすごい賑《にぎ》わいだった。『COMnel』が手がけるだけあって、開店一週間前からSNSを駆使したPR戦略でフォロワーは急増し、YouTubeのカウントダウンコマーシャルは日替わりで若手俳優を起用するバブルっぷり、萩原と結婚したあの女優も登場していた。

　新橋、自由が丘、武蔵小杉の三店舗同時オープンはネット上でも話題になり、『らーめん旬華』は開店前から大手検索サイトで上位にランクインし、新橋店の開店当日は二時間前から長蛇の列をつくった。その日『花水木』に並ぶ客はなく、軒を連ねる飲食店の店主たちは外に出て『らーめん旬華』の店内を覗き込むありさま、これは敵《かな》わないなという顔を見合わせていた。開店時間をすぎても客足がない状況に、リョウタが「様子見てきましょうか」と威嚇《いかく》するような目をした。

「よそ様のことは気にするな」と木之内が腰に手を当てる。

「大々的にＳＮＳで宣伝しやがって」

「パチンコ店だって開店日には列をつくるだろ。あれと同じだ」

いつもは満席のカウンターにひとりめの客が座ったのは、開店から十五分後のことだった。

「いらしゃいませー」

待ってましたとばかりにリョウタと声を揃えた。ふたり連れの客はメニューを見上げて何にしようか悩んでいる。漏れ聞こえてくる話の内容から『らーめん旬華』の入店をあきらめて流れてきた客だとわかり、リョウタが顔を硬直させた。鼻から息を抜くリョウタを見て木之内が有希に目配せをする。有希が肘で突くとリョウタがおもしろくない目をして小さく頭を下げた。

次第に客足が増えたものの、ランチタイム時のピークになってもカウンター席が埋められることはなかった。満席に慣れているせいか店内が広く感じる。奥で鍋を叩《たた》く音もなくｉＴｕｎｅｓから流れる音楽が虚しく聞こえた。

木之内の指示でいつもより早くリョウタが暖簾を下げに出る。

「なんか負けた感じでムカつきますよ」

吐き捨てるようなリョウタに店内の空気が変わる。ピリピリした静寂を破るように木之内がパンパンと手を打ち鳴らす。

「さぁ昼メシだ。今日は外に食いに行くぞ」

険しい顔を崩さないままリョウタがピアスとネックレスを装着する。『らーめん旬華』の方へ歩くと通りにはまだ客が並んでいた。初日とはいえ開店から三時間も経《た》つのに待ち客がいるとは驚きだ。店の前に差しかかり、有希がニット帽を目深に被《かぶ》った。

この店の経営者は元恋人だ。有希は奥歯を噛《か》んでスタッフに続いた。

「あれあれ、みなさんお揃いで。やっぱ気になりますか」

スタッフと馴染《なじ》みの、とんかつ屋の店主が『らーめん旬華』を指した。

「たまにはおやじさんのとんかつ食わせないとスタッフがうるさくてね」

「ってことは副店長のおごりっすか？」抜け目なくリョウタが聞いた。

「極上ロースとか注文するなよ」

「ごちっす！」

スタッフが声を揃えた。

「副店長、ホントは偵察に来たんでしょ」リョウタが茶目っ気たっぷりに聞いた。

「そうだよ。決まってんじゃん」木之内がさらりと言う。

「そういうところ、カッケーっすよね」

リョウタが強《こわ》ばっていた雰囲気を丸くする。〝そういうリョウタが好きだよ〟、有希は心で言った。

とんかつ定食がテーブルに並べられた頃、笑いながら野上が入店した。

「店に行ったら誰もいなかったからここだと思ってさ」

「今から注文とっても待ちませんからね」今にもとんかつにパクつきそうな顔でリョウタが言う。

「どうぞどうぞ、みなさんお食べください」

食事をすませてきて申し訳なさそうな野上に店員がお茶を出す。いつもながら早メシ喰《く》らいのスタッフに、有希が必死で追いつこうとした。有希が箸を置いた途端に、木之内が「じゃ行こうか」と急《せ》かした。

「ちょっと待ってくださいよ」

「早メシも修業のひとつ」と木之内が席を立とうとした。

「ちょっと、待ってくださいって」

「しょうがない人たちだね」

野上が、有希と木之内のやりとりを笑った。

「『らーめん旬華』の自由が丘店で食べて来たよ。しょうゆラーメンを食べたんだけど美味しかったなぁ。でもウチのラーメンの方がうまいな」

「そんなこと決まってんじゃないすか」リョウタがあごをしゃくった。

「まだ食ってねぇのに適当なこと言ってんじゃねぇ」

木之内に突かれ、リョウタが「ですよね」と頭を掻く。

「良い店員さんたちだねぇ」

有希が思ったことを、店主に横取りされた。

店に帰っても『らーめん旬華』の話をする者はひとりもなく、ピアスを外しそこなって痛がるリョウタをスタッフがからかっていた。

「良いスタッフですよね」

今度は有希が口にした。野上と木之内が「ああ」と口を揃えた。

二週間が過ぎてもライバル店の行列は変わらず、『花水木』には客が戻りはじめた。『らーめん旬華』のおこぼれもあるだろうが客に変わりはない。むしろ食べ比べてくれた方がありがたい。開店から三年が経ってもシャッターポール客がいる『花水木』は比較されてこそ真価を発揮する。「なめんなよ」と言ってやりたい気分だ。

『花水木』で働くようになっても有希は自主練を続け、鶏がらの処理をさらに丁寧にするようにした。店と同じ天然塩に変え、チャーシューの味も店に寄せた。同じ食材や調味料を使っても同じ味にならないのが悔しいが、そのあたりはこれから磨いていこう。

有希は『花水木』の味に惚れ込んでいる。『らーめん旬華』の開店時には弱気になったが、今なら「パチンコ店の開店だって行列をつくる」と言った木之内の言葉が強がりではないことがわかる。

「火加減というのがいちばん説明しづらいんだ。火力は強火、中火、弱火、とろ火の四つに分けられるが、季節により厨房の温度や湿度も変わり、細かく言えば鍋への熱伝導率も変わってくる。使い込んだ鍋と新品の鍋とでは沸騰時間に微妙に差がでて、タイマーに頼りすぎるとスープを煮詰めてしまうこともある。大切なのは、こまめに火の見張り番をすることだ。俺と店長は、火加減ではなく、火のご機嫌をそこねないように、〝火機嫌〟と言っているよ」

新店舗出店計画のため外出が多くなった野上に替わり、店を任されるようになった木之内が有希の教官だ。今まではホール周りと奥での仕込み専門だったが、最近は客の前で湯切りをすることもある。湯切りはパフォーマンス的な要素もあるので、この店では度胸試しに新人にてぼを振らせることがある。

「度胸づけのために湯切りしてみるか?」

断ることは一切しないと決めている。

「もちろんです」と答えると、「その意気だ」と背中を押された。

実際、湯切りデビューは大失敗だった。茹で湯がカウンターまで飛んでしまったのだ。家ではうまく振れるのに、私は本番に弱いのだろうか。

「すみません、こいつ、今日が湯切りデビューなんで」

フォローどころか恥をかかされ真っ赤になった。

「たかが湯切りだが、茹で時間を鵜呑《うの》みにするな。てぼの中で麺に茹でムラがあることもあるから、ちゃんと確認してから湯切りしろ」

わずか数十分の表舞台でいくつも恥をかいた。

「目と耳と鼻と舌、全部使ってラーメンを覚えろ」そう木之内に言われ、悔しくて外にでた。リョウタが「どんまいっすよ」と気遣いながら、有希の顔を覗き込んだ。

「残念でした。泣いてないよ」

「なーんだ、心配して損した」

「ありがとう。心配かけないように頑張るよ」

自分の言葉で泣きそうになる。リョウタが親指を立てて戻っていった。

よし、気持ちを切り替えよう。萩原のリベンジの前に、木之内に負けてたまるか！　自分には欠落していると思っていた負けず嫌いな性分が顔をだす。負けたくないという思いから、認めさせてやるという気持ちに変わった。

目と耳と鼻と舌か、木之内の言う通りだな。木之内によれば手は火傷《やけど》をするためにあるという。痛い目に遭うのがいちばんの教材らしい。そんなヘマはしないと高をくくっていた有希だが、右手に三箇所の水ぶくれをつくった。木之内から「少しはサマになってきたね」と言われるようになったのは、案の定、火傷をした後だった。

仕事がおもしろくなってきたのは火加減がわかってからだ。それまではつきっきりで鍋を見張っていたが、いまでは鍋の声が聞こえる気がする。場数を踏むことで感覚が身についたのだろう。スープの仕込みを徹底的に覚えながら室内環境を読み取り、火の機嫌を損ねないように見守る。有希の持論を木之内に伝えたら、「女性らしい考え方だな。まるで子守りみたいだ」とまんざらでもないことを言われた。子守りか、そもそも私が母になる日は来るのだろうか。

9

有希が『花水木』に入って八ヶ月が過ぎ、まだまだ一人前ではないがほとんどの仕事を任されるようになり火傷もしなくなった。『らーめん旬華』の行列も落ちつき、客の数では『花水木』に軍配があがる日も少なくない。商店街には新しいラーメン店ができる一方で閉店する店もある。雑誌にも取り上げられ行列ができる人気店が閉店したのはショックだった。苦手なとんこつ味だったので食べに行ったことはないが、スタッフによれば、これまでと変わらない味でサービスも悪くなかったそうだ。それでも客は減るばかりで、通りから覗くとみるみる空席が目立つようになっていった。

気まぐれな客の足を留《とど》まらせておくにはどんな工夫がいるのだろう。答えのない世界に飛び込んでしまったことだけはわかる。ましてここはラーメン激戦区の新橋だ。ひとつだけ言えることは、食べても食べても飽きさせない、その店でしか食べられないラーメンをつくることだ。

　そんな頃、太一が店に来た。外では何度も会っているが、太一がこの店を訪れたことはなく、思わず「えっ」となった。さっそく太一が茶化しはじめた。

「へぇ～、姐さんエースポジション任されてるんだ」

「門阪さんはウチのエースで四番ですよ」

　木之内が歯が浮くような言葉で切り返す。

「すごいじゃん。新人王だね」

「門阪さんのお知り合いですか？」

「麺づくり学校で一緒だったんですよ。同期でいちばん美人でしたよ」

　女性はふたりだけだったけどと、心で補足した。

「ほぉー。今はどちらかにお勤めなんですか」

「北口の『壱刻堂《いっこくどう》』って店で修業してます」

「老舗《しにせ》ですよね。何度か食べに行ったことありますよ」

「ウチのラーメン、どう思います？　うまかったですか？」

「ちょっと太一、いきなり何」ほかの客を窺いながら有希が睨んだ。

「美味しいと思いますよ。私はエビ麺が好きです。煮干し麺も食べたことがありますけど、どちらも香味油が効いてて、インパクトがあるのにさっぱりしてますよね」

「良かったっす。俺もすごく美味いと思うんで。でも、自分が働いてるからひいき目になってるのかなって思ったんすけど、やっぱ美味いっすよね。俺、日本でいちばん美味いと思ってます。特に煮干し麺が」

屈託なく言う太一に、木之内が笑顔で話しだした。

「そう思えることは幸せなことですよ。味が美味いだけではそう思えないですからね。『壱刻堂』さんは働く環境も素晴らしいんでしょう。良いお店にお勤めですね」

太一は照れながら会釈を繰り返した。

「うちの副店長もなかなかでしょ」

「さすがっす」

「では日本で二番目に美味しいラーメンを召し上がってください」

気の利いた木之内のジョークに太一が親指を立てた。

比較的穏やかな時間帯だったので、手を動かしながら太一と話をした。客と話をするのは褒められたことではないが、その時々の判断に委《ゆだ》ねられることもある。木之内はお客さんと話し込むことが多く、たびたび野上に注意されたそうだ。理由を聞くと、客の反応を確かめたかったからだと言う。客を観察しすぎて、不快に思われたことも少なくないのだとか。だから太一の気持ちがわかるのだろう。

しょうゆラーメンを平らげた太一が、額の汗を拭きながら親指を立てる。口元をほころばせ「どうも」と会釈をする木之内がなんともカッコいい。

「もっと早く食いにくればよかったよ」

「これから毎日くればいいじゃん」

「マジで来るかも。マジで美味いし、副店長さんマジでいい人だし」

「マジ多すぎ」

隣の客が思わず吹き出し、太一が「すみません」と頭を掻いた。

「門阪さんの働きぶりはいかがですか」

唐突に聞く木之内に、やめてよと心で言った。

「姐さんですか」

太一が言葉に詰まり、うーんと喉《のど》を鳴らす。なんだこのいやな時間は。

「姐さんには、幸せになってほしいです」

思わぬ言葉にキョトンとした。恥ずかしくて太一を見られなかった。

「大切に思ってるんだね」

「そうです」

もう堪えられない、顔から火が出そうだ。

「店長さん、また来ますね。次は塩いきます。姐さんをよろしくお願いします」

そう言うと太一はアロハポーズをつくって出て行った。

木之内はカウンターの客に「うるさくしてすみませんでした」とお詫《わ》びをしてから、「好青年だね」とあごを撫《な》でた。

「チャラチャラしてそうで意外と真面目《まじめ》なんです」

「彼には目標があるのがわかるよ」

「頑張ってるみたいですね」

「きっと苦労したんだろうな」

「見かけによらずボンボンで幼稚舎から慶應なんですよ」

「だから余計に頑張ってるんだ」

「どういうことですか」

「男にはいろいろあるんだよ」

木之内が腕組みをして深くうなずく。男にしかわからないこともあるのだろう。私だったら一生親のすねをかじって生きていくのに。そういう考えが女なのだろうか。

会うたびに逞《たくま》しくなる太一を大人に感じる。自信に満ちていて、日々の充実がわかる。太一には先入観を持たず人の心にすっと入っていける良さがある。裕福な家に育って優秀な兄弟と比較されて悩んだあげくに、本当にやりたいことに出会えたからこそ、あんなに素直でいられるんだと思う。

太一の父親は今の太一をどう感じているのだろう。今でも自分が敷いたレールから逸《そ》れたことをおもしろくないと思っているのだろうか。そんなことを想像しながら、「苦労したんだろうな」という木之内の言葉がリフレインする。男同士もいいものだなと、ちょっぴり羨ましく思いながら。

「俺以外にも姐さんと呼ばれてるんですね」

リョウタが尖《とが》った顔で空いた丼を片づけた。

「なんだ、やきもち妬《や》いてるのか」木之内がリョウタをからかった。

「そんなわけないじゃないですか」

カウンターを拭くリョウタの手に弾《はじ》かれ、丼が倒れた。

「ったく」

吐き捨てて奥に下がるリョウタがいたいけだ。

太一とリョウタ、ふたりとも可愛い弟みたいな存在だ。男心なんて、わからないぐらいがちょうどいい。


リョウタが帰った直後だった。ふたり連れの男が入店するなり驚いた目で有希を見ている。『COMnel』副社長の玉木と経理部の山沖だった。招かれざる客に有希の顔は強ばった。山沖は有希に退職勧告をつきつけた張本人だ。

「門阪さんじゃないですか。どうしたんですか」玉木が笑顔で切り出した。

「お久しぶりです」

「びっくりしましたよ。こちらに勤務されているんですか」

「はい」

「意外だなぁ、ラーメン店に勤務されていたとは。いやぁびっくり」

玉木が店内を見回してからカウンター席に座ると隣に山沖が腰を下ろした。あれこれ話しかけられなければいいが、目の前に座られたらそうはいかない。玉木はおしゃべりで有名だ。

「門阪さん、なにしてるんだろうなぁってみんなで心配してたんですよ。門阪さんはウチの会社の功労者だから。ね、山沖さん」

山沖が表情を崩さないまま、「はい」とうなずいた。

「へぇー、そうかー、そうなんだー。ずっとここで働いているの？」

返事などどうでもいいという感じで玉木が聞いてくる。木之内が、大変だねという目をした。

「この近くにウチの店があるんだけど、知ってる？」

「はい」

「ウチの店の子がここのラーメンがうまいよって言ってたから来てみたんだよ。行列ができる人気店だとは知ってたけど、まさか門阪さんがいるとは驚いたな」

玉木はタメ口になると話が止まらない。

「とりあえず注文しないとね。えーと、何がお薦め？」

「どれもおいしいですよ」

「どれもって、特になに？」

「しょうゆか塩がお薦めです」

「じゃあ俺はしょうゆで、山沖さんは塩でいいよね」

勝手に山沖の注文を決め、玉木はまたあれこれ聞きはじめた。

「いつから？」「バイト？　社員？」「ラーメン屋になるの？」

つくり笑いでごまかしても玉木の口は止まらない。玉木はおしゃべりな上、ＫＹだ。

「無視しないでよ、久しぶりなんだから」

「仕事中なので、すみません」

「はいはい。これは失礼しました」

玉木とのやりとりを見かねたのか、木之内が有希を奥に行かせた。

「あれ、門阪さん休憩入っちゃったのかな。さみしいなぁ」

呆《あき》れてものが言えない。いつまで学生ノリなんだこの男は。

「おまちどおさま、しょうゆと塩でございます」

「これが行列のできるしょうゆラーメンか」

パシャパシャ。玉木が立ち上がってスマホで撮影していた。

「では、いただきまーす」

今度は丼を持ったポーズで山沖に動画を撮らせている。木之内が奥の有希に苦笑いを送った。

「うまいじゃん、ウチの子たちが言ってた通りだよ」

「ありがとうございます」

「うまいですよね、山沖さん」

「はい」

「いやぁうまい。本当にうまい」

「どうもありがとうございます」

木之内に相手をさせるのは申し訳ないからと奥から戻る。食べ終わったら玉木はまた喋り出すだろう。この男の口はヘリウムよりも軽い。

有希が在職中に、玉木が会社の内情を外部に話して問題になったことがあった。社外秘の重要案件を競合するIT企業の社員に宴席で漏らしてしまったのだ。後日、玉木の話を聞いた者の上司から『COMnel』の役員に連絡が入り、守秘義務の徹底を提言されたというありさまだった。

その問題は役員会でも取り上げられ、玉木を厳正に処分すべきという大方の意見を、萩原が一蹴《いっしゅう》した。会社立ち上げの時からの同志であり苦楽をともにした仲間、という理由だった。玉木は二週間の出社禁止となり、市場調査という名目でシリコンバレーに海外出張し、真っ黒に日焼けして帰国した。その話をするたびに、萩原は「笑い話だろ」と苦い顔をしていた。

ある日、辞めてもらえばと進言すると、「そんなこと俺にできるか」と怒鳴られたことを覚えている。それ以来、有希は会社のことに口だしするのをやめた。萩原と恋愛関係にあったことを最後まで玉木が知らなかったのは、萩原なりに警戒していたからだろう。

「いやぁ、うまかったー。ですよね、山沖さん」

山沖がハンカチで額の汗をぬぐい眼鏡を拭いた。目を合わせようとしないのが不気味だ。この男への苦手意識だけは一生消えない。

「今度ウチの店にも行ってあげてよ。名前を言ってくれればサービスするように伝えておくからさ。ウチの子たちはかなりこちらに貢献してるみたいだよ。半分はリサーチかもしれないけど。ここはライバル店だし。はっはっは」

「その時にはよろしくお願いします」

玉木に帰る素振りはない。山沖がウォーターサーバーに水を取りに行こうとした。

「三番さん、お水お差し替えして」

「申し訳ありません」新人バイトがすぐさまコップを取り水を注《つ》いだ。

「教育がいき届いてますね」

採点するような玉木に、「気がつかずに申し訳ありませんでした」と木之内が丁寧に返した。

「私は門阪さんの前職の会社の者なんですよ。門阪さんとはご縁があって、弊社の面接に来られたときも立ち会ったんですよ。当時は弊社代表の萩原と我々とで、学生気分の延長みたいな会社を立ち上げたばかりだったんですが、その時に門阪さんが面接にいらしてね」

玉木の口は止まらず、有希との出会いから会社が上場するまでを時系列で喋り続けた。有希が手書きの履歴書を送ったことがきっかけで、居酒屋で面接したことを話すと、木之内が「へぇ」と相《あい》槌《づち》を打った。それで調子にのったのか、さらに玉木の口は軽くなり会社の自慢話を長々と続けた。

「ウチの萩原っていう社長《おとこ》はある意味天才なんですよ。普段はふらふらしてるんですけど、常にアンテナを張って右脳をフル回転させていて、そこに左脳に詰め込んだデータが機能して画期的なビジネスプランを産みだすんです。ここぞというときの決断力も優れているからここまで会社が大きくなったんですよ」

そのわりに自分をクビにするときは山沖に託したくせに。その山沖は目の前にいる。

「そろそろ帰りませんか、副社長」山沖がはじめて口を開いた。

「もうすこしいいじゃないですか。久しぶりに門阪さんに会えたんだし」

「仕事中ですからご迷惑ですよ」

「それもそうだね。また話しすぎちゃったなー。そうそう、門阪さん、山沖のこと覚えてるでしょ。ずっと経理課長をやってもらってたけど、今年度から執行役員兼総務部長になったんだよ。大出世だよ」

歳下の玉木に、〝こいつ〟と肩を揺すられながら山沖がお辞儀をした。この男にはずいぶん嫌な思いをさせられたが、仕方がなかったことなのだろう。サラリーマンにとって上司の命令は絶対だ。この男の上司は隣でべらべら喋る玉木と、私と別れさせる任務を山沖に押しつけた萩原だ。

あの時はなんて冷徹な奴《やつ》だと腹が立ったが、いま思えば鉄仮面に徹してくれてよかった。他人に同情されるほど惨めなことはないからだ。あれからしばらく経つが、山沖への怒りはもうない。ある意味、山沖も自分と同じ被害者のように思えてきた。

「そうだ、門阪さんがここで働いていること、社長に伝えないとね」

動揺して顔をあげたら玉木と目が合った。

「よろしく言っておくよ。社長びっくりするだろうなー」

「副社長、そろそろ帰りましょう」

山沖がお辞儀をしてから席を立ち、玉木がようやく腰を持ち上げた。

「じゃ、またくるね。本社にも遊びに来てよ」

こんな無神経の上司を持つからこそ、山沖は鉄仮面を貫いているのかもしれない。玉木の軽薄ぶりをまざまざと感じながら、よく『ＣＯＭｎｅｌ』に十年もいたものだと自分に感心した。


久しぶりに『ひとてまや』にランチを食べに行くと、満席で客が順番待ちをしていた。店主の吉乃は慌ただしさで有希に気づかず、ようやく気づいたこずえが手でバツをつくった。

「ごめんなさい、せっかく来てくれはったのに今日はいっぱいで、よかったら夜おいでください」

申し訳なさそうなこずえに、「じゃ、夜ね」と約束した。約束はしたが夜営業までは五時間もある。食べられないと思うと余計に口がおばんざいを欲しがり、自由が丘中を探し回った。ようやく見つけたおばんざい店に入ろうとしたら店員に暖簾を外された。

「すいません、ランチ終わりなんです」

はんなりとした京都弁に力が抜け、「ほんまですか」と京都弁であきらめた。どの店も看板が裏返り準備中になっている。歩き回ったせいかお腹が鳴った。

ランチタイムを過ぎても食べられるのはファストフード店とファミレスとラーメン屋ぐらい。おいおい、休日ぐらいラーメンは勘弁してくれよと自分にツッコミを入れながら店を探したが、めぼしい店は見当たらない。疲れてきたせいか、口の中がおばんざいからラーメンモードになった。ラーメン屋が休日のランチにもラーメンを食べるなんて、私はラオタか。自分に呆れつつラーメン店を探し歩く。商店街を抜け住宅街にさしかかりしばらくすると、煉瓦《れんが》づくりの店を見つけ、格子戸を開けた女性に「いらっしゃいませ」と呼び込まれた。

「こちらは、何のお店ですか？」

「鶏そばの店です。そばというかラーメンですけど」

「そばだけどラーメン？」

「はい。どちらでもいいんですけど」

暖簾に小さく『くぐる』と書かれた店に入ると、鶏と魚介の出汁の匂いに食欲を掻き立てられた。『ひとてまや』の吉乃が熱望していた鶏そば屋だ。吉乃はこの店を知っているのだろうか。女性のほかに厨房に男性がひとり、席数は八席だけで、座席と壁との間はようやく人が通れるぐらいの広さしかない。

「狭いでしょ」

心を読み取ったように話しかけられた。

「でもきれい」

狭くても窮屈さを感じさせないのは、そこかしこに洗練されたものを感じるからだろう。壁にはお洒落なタイポグラフィが描かれ、うっすらと海外のＦＭが流れている。窓から抜ける風も心地よかった。

「壁には英語でレシピが書いてあるから、真似《まね》されちゃうと思ったんですけど、こんな小さな店を真似するような人はいないって主人から言われました」

厨房で主人らしき男性が会釈をする。

「流暢《りゅうちょう》な日本語を話す外国人の方に、英訳がおかしいと注意されました」

いかにも自由が丘っぽい雰囲気のお洒落な男性、休日はサーフィン三昧《ざんまい》だろうと妄想した。

「くぐり鶏そばってどんな味なんですか？」

「数種類の煮干しで取った出汁と、丸鶏や鶏がらなどで炊いたスープにタレを合わせたものです。『くぐる』というのは、麺をスープにくぐらせるように味わってもらいたいという思いでつけました。コラーゲンもたっぷりなんですよ」

迷わずそれを注文した。なるほど、薄い膜が張って透き通ったスープがキレイ。香りも強すぎず見るからに女性の味方っぽい。

くぐり鶏そばは、見ための印象を裏切らずにさっぱりとした味わいだった。薄切りのチャーシューは中心部分がピンク色で上品なハムのよう。麺はラーメンっぽいのに〈そば〉と名付けたのは、複雑に入り混じる和風だしからだろうか。鶏と魚介の風味があっさりとマッチしていて、クセになりそうな味だ。

「いかがでしたか」

「すごくさっぱりしていておいしかったです。鶏って罪悪感を感じさせないですよね」

吉乃の言葉を借りた。

「女性にとってラーメンって罪だから、『そば』にしたんです。どっちでもよかったんですが、そばの方がヘルシーに聞こえるからって主人が。この人、意外とＯＬっぽくて、私よりも女性心理をわかってるんです。鶏ベースの味も罪悪感対策なんですよ」ご主人と目が合い、恥ずかしそうに会釈をされた。

また仲間を見つけた。この街は相性がいい。なによりここは、自分が持ちたいと思う店のサイズ感とぴったりだ。カウンターだけで十席の店が有希の描く将来の城で、壁に何かお洒落なアクセントをつけたいと考えていたのでヒントになった。女性は罪悪感という言葉で謙遜《けんそん》したが、ここの味にはラーメンとそばのどちらの良さもある。下手をすればケンカしがちな味が、どちらの特徴も消さずにうまくマッチしている。

「ひょっとしてラーメン屋さんですか？」

ビクッとしてから、「はい」と答えた。

「なんとなくわかりました。どちらにお勤めなんですか」

「新橋の『花水木』です」

「知ってます。鶏がらと煮干しのラーメンですよね。しょうゆと塩をいただいたことがありますけど、どちらもすっごく美味しくて、テーブル席に枝つきの花が飾られているのも素敵です」

「うわぁ、店長に報告しますね」

「丸山亜紀《まるやまあき》と言います。こちらが主人の大和《やまと》です」

「門阪有希です」

「名古屋《なごや》から出てきたばかりなので、すごく嬉しいです」

「私、岐阜です」

「えー、隣じゃないですか。方言通じそう」

亜紀もまた吉乃と同じように有希の手をとった。

「自由が丘の『ひとてまや』というお店知ってます？」

「はい。まだ行ったことはないんですけど気になってるんですよ。おばんざいのお店ですよね」

「お店のオーナーさんが、鶏そばが好きだって言ってたから、今度一緒に来ますね」

「ぜひぜひ！」

ひとつ仕事が増えたが、こういう約束はワクワクする。

「門阪さん、ひとつ聞いていいですか？」

「ええ」

「お味噌汁は赤みそですか？」

「はい」

「やっぱり赤みそですよね。良かったぁ」

同じ食文化圏のよしみで一気に距離が近くなる。自由が丘に出店して、吉乃姉妹と亜紀と女子連合をつくりたくなった。いや、早まってはいけない。京料理に赤みそはタブーだ。吉乃たちには鶏そばの店を見つけたということだけ報《しら》せてあげよう。

「なんだこのスープは」

木之内の怒号が飛んだ。

「臭みが抜けてなくて商品にならないよ。下処理は門阪さんだろ。なんで寸胴に鶏がらを入れる前に確認しなかったんだ」

「確認しました」

「確認してなんでこの臭みが出るんだ。処理ができてなかったからだろう。それとも煮込みすぎか？　まさか傷《いた》んでる鶏がらを使ったんじゃないだろうな」

木之内の言葉が荒くなり何も言えなくなる。スープづくりは有希の担当だ。

「沸騰したお湯で鶏がらをボイルしてから下処理をしておけばこうならないだろう。内臓とか血管は残らず取ったのか？　ちゃんと熱いうちに処理したのか？」

「しました」

「じゃあなんで臭みがあるんだ」

「そんなはずはないと思います」

「〝はず〟ってなんだ。〝はず〟という言葉を使うこと自体、甘えてる証拠だろ」

「甘えてません」

泣いてたまるかと必死で瞬きを堪《こら》えた。

「今後気をつけます」

「そういう問題じゃない。遅番スタッフがつくったスープがなけりゃ今日は暖簾を下ろさなければならなかったんだぞ。つくっていて気にならなかったのか」

「気になりませんでした」スタッフに目をやると誰もがかぶりを振った。

「嗅《か》いでみろ」

歯を食いしばり寸胴に顔を近づける。いつもと変わらない匂いに確信をもって「臭いません」と言った。木之内はリョウタや他のスタッフにも匂いを嗅がせたが臭いと言う者はいなかった。

用事をすませて帰ってきたベテランバイトの横谷《よこたに》が状況を読めずに不思議な顔をした。

「横谷、スープを嗅いでみろ」

木之内に言われるまま寸胴に顔を近づけた横谷が首をひねった。

「どうだ？」

「うーん。すこし煮詰まった感じがあるような、臭みもちょっと」

「そう思うか」

「なんとなくですが」

「横谷の言う通りだ。火力の調整ミスだけで臭みはでる。寸胴に鼻を近づけなければわからないぐらい微妙な違いでもな、時間が経てばもっと顕著になる。こんなスープは出せん」

スタッフが下を向き、ひとりだけ状況が読めない横谷が、キョトンとした顔でいる。

「この程度のことに気づかないようでは、お前らにスープづくりを任せることはできない」

「ちょっと待ってください」

有希が木之内の言葉を遮った。

「これは私のミスです。みなさんに責任はありません」

「スープづくりの失敗は個人の問題ではすまされない。全体責任だ」

「私のミスですから、私を担当から外してください」

「ああ、そのつもりだ」

「ちょっと待ってください」

リョウタが木之内に言い寄った。

「なんだ？　言いたいことがあるなら言ってみろ」

「次から失敗しなければいいじゃないですか。そのためにこうしてミーティングしてるんじゃないんすか？」

「ああそうだ。二度と失敗しないように注意している。それが悪いのか？」

「悪いっていうか、姐さんひとりを責めてるみたいだから」

「門阪さんひとりを責めてるんじゃない。これは店全体の問題なんだ。俺がイジメでこんなことを言うとでも思ってるのか」

「でも」

「でも、なんだ？」

「いえ」

リョウタが口ごもり木之内から目を逸らした。

「門阪さん」

「はい」

「本当になにが原因がわからないんですか？」

「いつもより強火で炊く時間が長かったのかもしれません」

「本当にそう思うのか」

確信をもてず、有希は返事ができなかった。

「じゃ言おう。問題は火加減ではなく、鶏がらの下処理だ。骨の内側の内臓部分を取り切れていなかったんだよ。取ったつもりの、〝つもり〟が原因で、それを確認しなかったスタッフにも落ち度がある。スープづくりの工程は、ひとつひとつスタッフ全員で確認するのがルールだろ。それを怠らないからいつも変わらない味を提供できるんだ。それが忙しさにかまけておろそかになったんだよ。基本中の基本に抜かりがあったということだ」

木之内の言葉が胸をえぐる。スタッフが下を向く中、リョウタが食いさがった。

「下処理を怠ったって、どこに証拠があるんですか」

リョウタと木之内が睨み合う。リョウタの鼻息が聞こえた。

「スープを炊いているときに寸胴の様子を見たらアクの量が気になって、鶏がらを取り出したら内臓がついたままのものがあったんだよ」

「だったらすぐ鶏がらを取り出せばいいじゃないですか」

「それをやって誰が得する？　門阪さんか、店か、それともお前らか？　甘ったれたことを言ってるんじゃない。たったこれっぽっちの内臓を見落とすだけで何百杯分のスープが台無しになるってことを教えてやってるんだよ」

厨房内がしんとする。シンクに水滴が跳ねる音がした。

「門阪さん」

「はい」

「学校で習わなかったのか、スープは生き物だって。温度や湿度の違いだけで別物になってしまう繊細なものだって」

「習いました」

「それでこのありさまか」

何も言えずに奥歯を嚙みしめる。こぼれるなと涙に命じた。

「女性だからといって甘えは許さん」

「そんなつもりはありません」

「とにかくこのスープは出さない。門阪さんは担当を外れてもらう」

木之内がスタッフを見渡した。

「それでいいな、門阪」

呼び捨てにされて弱気になる。

「はい」

「本当にいいんだな」

悔しさと情けなさが入り混じり、唇を嚙んだ。

「わかった。明日からスープ担当はリョウタがやれ」

「え？」

リョウタが有希に目をやり口ごもる。有希の唇がふるえていた。

「でも俺はまだ」

「やれるな」

「はい」

ここのところ店の売り上げは下降気味で、一日三百杯の売り上げ目標の八割しか達成できていない。三卓あるテーブル席が埋まらないことも多く、広い店内を持て余している。

木之内はときどき野上と出掛け、店に戻ると険しい顔になる。秒読みと思われていた店長昇格も実現しないまま、野上が動いている二号店のプランも遅々として進まない。

『花水木』は季節によって売り上げに影響する店ではなく、夏でも冬場の売り上げを凌《しの》ぐ日もある。それが余計に木之内を苦しめていたのだろう。

木之内は機嫌ひとつで悪態をつくような人間ではなく、木之内の頑張りが店を支えてきたといってても過言ではない。それだけにスタッフの誰もが責任を感じ、有希はようやく身につけかけた自信を喪失した。

「姐さん」

リョウタと目が合った瞬間、瞼にしがみついていた涙が力尽きてこぼれた。


翌日、意気消沈した有希を励まそうとリョウタが音頭をとり、木之内と野上がいないときを見計らってスタッフ会議を開いた。休憩時間の緊急会議に渋々参加する者もいた。

「昨日のスープの件は反省すべき点ではありますが、ここのところ売り上げが伸びていません。原因はなんだと思いますか？」

最年少ながらリーダーシップをとるようになったリョウタが口を開く。リョウタが順に意見を求めた。

「先日もスープのことを言われたけど、それが原因ではないと思う」

「味が落ちていることもないし」

「サービスも今まで通りだし、むしろ良くなってると思う」

「掃除も徹底しているし」

「ディスられるような書き込みもないし、好意的な書き込みも増えている」

「使えないバイトは辞めたし」

スープのことはともかく、それ以外に思い当たるふしはなく、有希もそう思っていた。スタッフの総意を伝えるように、横谷が「別に何も変わらないよ」とまとめると、誰もがうなずいた。

ひとり腕組みをしながら喉を鳴らすリョウタが、「ちょっといいすか」と前置きをする。

「何も変わらないってことも問題のうちじゃないすか。いつもどおりって、それって良いことばかりじゃなくて、気づかないことや見落としたりすることもあると思うんすよね」

思わぬ言葉にはっとさせられる。

「何か見落としてるとでも言いたいのか」

眉を顰《ひそ》めて言う横谷に、リョウタが言い返す。

「いつもどおりにできてるってことに安心っていうか、油断っていうか、そういうとこがあったんじゃないかと思って」

「それはリョウタの考えだろ。俺はひとつひとつの作業を確認しながらやってるぞ。いつもどおりにやるってことはそんなに簡単じゃないんだぜ。それができてるから問題ないって言ってんだよ」

「俺が言いたいのはそういうことじゃないんすよ。ちょっと話、逸れていいすか」

「なんだよ、言ってみな」横谷がペットボトルを手にした。

「俺、ラーメン運んでからお客さんが食べる顔をずっと見てたんすよ。すっげー美味そうな顔して一気に食うの見るとめちゃめちゃ嬉しかったんすよ。でも最近、お客さんの顔見てないなと思って。そういうのも影響してるんじゃないかと思うんすよ」

「なんだそれ？　わけのわかんねぇこと言ってんじゃねぇよ」

横谷がわざとらしく呆れた声を出した。

「だから、いつのまにか慣れっこになってるんじゃないかなって。最初はすげー緊張して、失敗しないようにしようと思って、だんだん仕事に慣れてきて失敗しないようになると、お客さんの表情とかが気になるようになったけど、それにも慣れちゃって、気持ちが弛《ゆる》んだとは思わないけど、緊張感が減ったっていうか」

「そんなのお前の思い込みだろ。それで味が変わるわけねぇじゃん」

「だから味の話じゃないですって」

「どっかのカリスマ店長みたいなこと言ってんじゃねぇよ。誰も気が弛んでなんかいねーよ」

次第に感情的な言い合いとなり、リョウタと横谷に険悪な空気が走った。リョウタの言うことは確かに気持ちの問題だが、あながち間違いではない気がする。スタッフたちが言葉を返せないのは心当たりがあるからだろう。しばらく腕組みをしていた横谷が口を開いた。

「俺はずっと役者をやりながらここで働いてる。この店ができる五年前からラーメン屋ひと筋だ。役者一本じゃ食えねぇからさ。だからといって気を弛めたことは一度もねぇよ。片手間のバイトだって思われたくねぇからな。ラーメンつくってるときは舞台のこと考えたことねぇし、そんなヒマもねぇ。自分なりに必死でやってるつもりだよ。バイトとはいえ百円でも金もらったらプロだぞ。いいか、俺らはプロなんだよ。だからリョウタの感傷的な考えに付き合ってる暇はねぇって言ってんだよ。そんなセンチなこと考えてる暇があったらスープの見張り番ちゃんとしろよ」

「なんすか、その言い方」

「思ったまま言って何が悪い？　門阪さんのことだってお前が口出しするようなことじゃねぇだろ。副店長の考えがあってのことなのにもっともらしく意見して、偉くなった気分でいるんじゃねぇのか？」

「いくら横谷さんでも言っていいことと悪いことがありますよ。あまり俺のことナメないでくださいよ」

「ナメてねぇよ。正論を言っただけだ」

「言い方に問題があるって言ってんすよ」

リョウタが眉を吊《つ》り上げ横谷にガンをつけ、ふたりの間に割って入ったスタッフを振り払った。

「あんたベテランだと思って、偉そうなんだよ」

「どっちがだよ」

「あんただって言ってんのが聞こえねぇのか」

激高したリョウタが横谷に顔を近づけた。

「リョウタ、やめな。横谷さんもお願いします」

有希が力ずくでふたりを引き離した。

「んだよ」リョウタが悪態をつき、横谷が調理台を叩いた。

重い空気の中、怒りを抑えきれないリョウタが舌打ちを繰り返す。横谷が長い息を吐いてから、「リョウタ」と呼んだが無視された。

「リョウタっ」

「なんだよ、うるせーな」

「俺の話を最後まで聞け」

そう言って横谷が椅子を置いた。

「座れよ」

ふてくされるリョウタに、「座れ」と怒鳴り、無理矢理座らせた。

「考え方に違いがあるのは仕方ねえけど、スタッフの気を引き締め直そうというお前の気持ちは否定しねぇ。店の売り上げが落ちてきて副店長の機嫌が悪くなったからって俺らまでケンカしたら大損だ。どうせならこの機会に徹底的に言い合って、俺らなりにこの店を盛り上げていけばいいんじゃねぇのか」

リョウタが視線を外し、組んだ足をぶらぶらさせる。

「俺も言い過ぎた。すまん」

有希がふてくされるリョウタの袖《そで》を摑《つか》んで、「ほら」と促した。

「生意気言ってすいませんでした」

頭をさげるリョウタに、横谷の口元が緩む。スタッフに肩を揺すられてリョウタが照れ笑いをした。

「なんか感動的な流れになってませんかー?」照れ隠しをするリョウタが、「ということで、次のスタッフ飲み会は横谷さんの奢《おご》りに決定しました、拍手ーっ!」と戯《おど》けた。

思わぬ逆襲に、横谷が「コノヤロー!」とリョウタの尻《しり》にキックを命中させた。

「横谷さん、ごちっす」

スタッフが声を揃えてリョウタに便乗する。

なんだこの感動的な流れは。体育会のような汗臭い集団は大嫌いだが、男たちが熱くなってはしゃぐ姿は青春映画のように清々《すがすが》しい。女には一生かかってもできっこない美しい光景だ。

男同士っていいな、そんな感慨にふけってから、有希が、「ちょっといいですか」とスタッフの耳を集めた。

「今回の件は私の不注意が原因でした。大切なスープを台無しにしたのは私の責任です。本当に申し訳ありませんでした。リョウタに言われて思ったんですが、やはり私もどこかに油断があったんだと思います。そうじゃなければ問題は起きなかった。情けないけど、私はまだまだ未熟です。自分だけの仕事では完璧《かんぺき》ではないと思うので、これからもみなさんに協力してもらいたいと思います。どうかよろしくお願いします」

リョウタが指笛を鳴らしスタッフが拍手をした。横谷に「しょうがねぇなぁ」とからかわれてから、「次はねぇぞ」と厳しく言われた。

雨降って地固まる。本当にいい店で働けて良かった。これが野上の言っていたチームワークか。渡る世間の『幸楽《こうらく》』とはひと味違うと、またおじさんみたいなことを思ってしまった。

「でも大丈夫かなぁ木之内さん」

スタッフのひとりがぽつりと言った言葉に、晴れた空気がまた曇がかかった。

スタッフ会議から一週間。スープづくりは鶏がらの下処理の段階からスタッフ間で何度も確認し、煮込みながら入念に味見を繰り返す。スタッフ一丸での作業はチームワークを以前よりも強くし、誰もがそれを感じている。テコ入れに野上がシフトに入るとスタッフの士気は高まり、野上と木之内が並んでてぼを振るのを見て、リョウタは「カッケー」を連発した。

あの一件があったおかげで身が引き締まる。早朝の冷えきっている店に凛《りん》としたものを感じるようになったのは、あのあとからだ。

修業という言葉が今ほどしっくりくることはない。やることなすこと、考えることもすべてが修業であり、それがお金を稼ぐ者の務めだと、有希は気合いを入れ直した。

木之内の言葉通り、スープ担当はリョウタになった。リョウタは目を輝かせて、今まで以上に仕事に取り組んでいる。メビウスからアイコスに変えたのはやる気の表れだろう。もっとも初期投資が高いと嘆いていたけれど。

「スープづくりは、みんなにできるようになってもらいたい」

木之内の言葉にスタッフが活気づく。ランチタイム後、木之内は未経験のスタッフにスープづくりを教えはじめた。有希はリョウタの仕事を見守りながら、鶏がらの下処理の確認や味見をしてサポートすることが日課となった。木之内との間には、まだぎこちなさがあるが、それも多忙な日々の中で気にならなくなっていた。

二ヶ月後の月曜日、早番で鍵を開けた有希が、いつものように掃除をすませてから枝つきの花を生けていると、休勤日のはずの木之内が扉を開けた。他にスタッフは出社しておらず、有希はこのタイミングで来た木之内を変に思った。案の定、木之内は、誰もいない時間を見計らって来たことを告げてから、「ちょっといいかな」と有希を座らせた。

「この二ヶ月ほどスープづくりから離れているが、門阪さんはそれでいいのか?」

唐突な問いかけに有希は、「どうしてですか?」と返すのがやっとだった。

「スープづくりをリョウタに取り上げられて悔しくないのかと聞いているんだ」

「取り上げられたって」

「実際そうだろ」

「言い方はどうかと思いますけど、今は悔しくありません。はじめのうちは悔しかったですけど、今はやれることを精一杯やって店を支えようという気持ちです」

「それが本心か」

「本心?」

「本心ですよ」

心を取り繕うのはやめろと言われた気がするが、気持ちに嘘はない。

「そうか、本心か。落胆したよ」

「どういうことですか」

「もっと抵抗したり反論したりする人だと思っていたけど、違ってたってことだよ」

「だからどういうことかって聞いてるんです」

「正直言って、門阪さんが来たばかりの頃は、この世界を甘く見ているなと思ったけど、まじめに働く姿を見て、目標に向かっている人だと思った。探究心も旺盛《おうせい》だし、俺や店長から聞いたことをメモっていたことも知っている。納得しないことは何度も質問していたしな。でもひと通り仕事ができるようになると、それ以上の向上心というか、ガッツみたいなものが感じられなくなった。質問や疑問もないし、自分でもそう思わなかったか？」

怪訝《けげん》な顔で「思いませんでした」と答えた。

「男ばかりの中で頑張っているし、スタッフ間のまとめ役をしてくれていることもわかる。リョウタなんて門阪さんの大ファンだしお客さんからの評判もいいけど、肝心のラーメンづくりに生かされてないいんだよ」

「そういう言われ方、頭にくるんですけど」

「仕方ない、事実なんだから」

「何が事実か説明してください」

有希が木之内に感情をむき出しにしたのははじめてだ。

「はっきり言うよ。店のためには役に立ってるけど、あなたのラーメンづくりに限って言うと伸びていないいんだよ」

「それじゃわかりませんよ。どこがどうダメなんですか」

「そんなことは自分がいちばんわかっているだろう」

「見透かしたようなこと言わないでくださいよ。私は精一杯頑張っているし、店を支えているという自負もあります。ラーメンだって誰にも迷惑をかけていないのに、何か文句があるって言うんですか？」

「聞き分けが良すぎるんだよ」

「聞き分け？　何それ？」

「スープ担当を外されて悔しいのに、なんで食ってかからないのかと言ってるんだよ。下処理を見落とした償いと我慢しているのか。俺はこの二ヶ月間、いつお前がスープづくりに戻してくれって言ってくるかと待ってたんだぞ。でもお前は現状に満足して、自分に嘘をつきながらやり過ごしていただろ」

「してませんよ」

プライドを傷つけられているようで頭に血がのぼった。

「わかった、それはよしとしよう。でも、なんでスープづくりに戻してくれと言わなかった。リョウタはお前が担当を外れたことでチャンスが巡ってきたんだぞ。そのチャンスを失わないように目の色を変えて仕事をしている。仲のいいお前にも、絶対にポジションを奪われたくないと思っているはずだ」

木之内の言葉のひとつひとつが強がりのオブラートを剝《は》がしていく。

「店のことよりも自分のことを考える奴《やつ》だけがラーメン屋になれるんだ。周りに遠慮せず、腕を磨くことだけが、やがて店のためになるという極論を知るんだよ」

返す言葉が見当たらない。怒りは本心を隠していた弱い自分に向けられた。体中が熱を帯び、叫びたい気持ちを我慢したら嗚咽《おえつ》になった。

「泣くな」

木之内の声に反射するようにしゃくりあげた。

「じゃあ泣け。好きなだけ泣いてから俺を見ろ」

ひとしきり泣いてから木之内を見た。

「ひとつだけ言っておく。俺はお前に失望した。筋違いと思われるかもしれないが、俺にはそうなんだ」

木之内から目を逸らさないように唇を噛んだ。

「俺が店長になったら、お前を副店長にするつもりだったが、それもなしだ。やがてお前が副店長になりたいと言っても認めん。努力して副店長になろうとしても、俺はお前の二倍努力して副店長でい続ける」

ガラガラガラ。扉が開き、「おはようございまーす」と能天気な声で早番スタッフが出勤した。

「そういうことですから頑張ってくれ」

シビアな話し合いをひと言でまとめて木之内が席を立つ。

「今週も頑張ろうな」

何事もなかったように、木之内がスタッフに声を掛けて店を出て行った。

「副店長、確か今日、休みでしたよね」

無言の有希に、スタッフがそれ以上、話しかけることはなかった。

午後七時、重い足を引きずるように家路を辿《たど》る。木之内の言葉にあらゆる意欲がもぎ取られてしまった。朝から何も食べていないぞとお腹に報せたが、何も食べたくないと返事をされた。今日一日、どうやって仕事をしたか覚えていないほど頭の中が空っぽだ。今は少しでも早く家に帰って、ひとりになりたい。

〈姐さん大丈夫っすか?〉

リョウタからＬＩＮＥが届いた。この短い文章を送信するために休憩を取ったのだろう。申し訳ないけど返信はしない。今はそんな気にならないのだ。

恋人でもいれば愚痴のひとつも言えるのだろう。萩原と別れて一年以上も経つのに、好きな人のひとりもいないなんて、女として大丈夫だろうか。辛いことがあっても、好きな人に触れているだけで安心できた。恋人は辛いときほどいてほしい。

辛い一日の終わりはなかなか時間が進まない。一週間ぐらい人生を早送りしたいのにスロー再生はやめてくれ。お酒に逃げる気力もなく、気にしたこともなかった窓の外の声が楽し気に聞こえる。とにかく眠くなるまでこのままでいよう。朝まで眠れなくてもかまわない。明日は休みだ。なんなら明後日《あさって》まで寝てやろうか。

空腹で目が覚めたのは初めてだ。自分で思っているほどナーバスではないと有希は確信した。てっとりばやく食べられるものはないかと棚を探したら食べかけのシリアルがあったので豆乳をかけて食べた。そういえば最後に自炊をしたのはいつだろう。

浴槽にお湯をためてゆっくりと湯船に浸《つ》かる。あごまで浸かったら思わず息が漏れた。ＯＬ時代は入浴に一時間以上かけていたことを思い返す。あの頃は肌が資本で、今はカラダが資本。さぼっていた家ヨガをしてバランスボールに乗ったらまた汗をかいた。

明けない夜はないと言ったのは誰だ。核心をついた言葉に納得したらまたお腹が空いた。時計は七時を廻《まわ》ったところ、岐阜なら喫茶店でモーニングが食べられる時間だけど、スタバやドトールは味気ないし、かといって純喫茶に入ったらそれこそおやじだ。それにしても岐阜のモーニングにはなんで味噌汁とバナナが付いてくるのだろうとどうでもいいことを考えた。

コンビニへ向かい、揚げと豆腐と長ネギと、鮭《さけ》の切り身があったのでかごに入れる。近頃のコンビニは産直販売もやっていてスーパーさながら。コーヒーなんて煮詰まったカフェのものよりずっと美味しい。これで100円とは驚きだ。

久しぶりに味噌汁をつくって鮭と目玉焼きを並べる。ごはんは冷凍していた五穀米をチンして、キウイにヨーグルトをかけた。新しいランチョンマットに値札がついていた。

それにしても赤みそはやっぱり美味しい。ネギと一緒に煮るだけでおかずになるんだから大した食材だ。みそかつだけはNGという人がいるが、そんな人はサクサクした名古屋風うなぎのことも邪道という。勝手に言ってろ、これは私のソウルフードだ。

鶏そば屋の亜紀も、毎朝赤みそを食べているだろうか。『ひとてまや』の吉乃を連れて行くと約束したけどまだ実現できていない。そうだ、今日連れて行こう。急には無理と言われるかもしれないけど誘ってみよう。

10

今日は忙しくなるぞ。吉乃とこずえを『くぐる』に連れて行って、夕食は『ひとてまや』のおばんざいに決めた。早速スマホで確認したら二店とも営業日。その前にヨガのレッスンに行って、先週オープンした食パン専門店も覗いて、久々にバレンシアガのバッグを持つか。いやいや、ヨガのレッスンがあるんだった。いつものトートにしておこう。

昨日あれだけ落ち込んだのは夢だったのか。有希は休日をエンジョイしようと決めた。すぐに落ち込むけれど気がつけば立ち直っているという性格が、今回だけは当てはまらないと思っていたが、データは裏切らなかった。出掛ける前に掃除機をかけて近くの花屋で赤いチューリップを買った。初夏の陽射《ひざ》しがレースのカーテンに透けて通る。うっすら冷たい風が頰《ほお》を撫でた。今日だけはラーメンのことを考えないと誓った。

自由が丘駅についたのは十時半。『ひとてまや』の開店にはまだ時間があるので、街を歩いて時間をつぶす。この街にはどれだけヘアサロンと歯医者があるのだろう。商店街に古い民家が混在しているのもおもしろい。早い店は十一時からランチタイムをやるんだ。しかも十六時までと書いてある。この街で働く人たちには救世主だな。

ヘアサロンに負けないぐらい多いのは不動産屋、どの街にも駅前には見慣れた光景だ。そろそろ引っ越ししたいと考えていたので、扉の貼り紙を見ると、有希の部屋と同じぐらいの間取りで十四万円と書かれている。ウソでしょ、三つ先の駅の私の部屋は築七年で管理費込みで十一万だよ。しかもオートロックとエアコン二機付き。祐天寺の方が渋谷寄りなのに、自由が丘の方が家賃が高いとは意外だった。

ふと目に入った空き物件情報。〈飲食店大歓迎‼ 居抜き、排水工事、電気工事済、業務用エアコン、空気清浄機付き、優良物件即入居可〉と花丸がついている。これまで気にも留めなかった貸店舗の貼り紙に目をやると、中から年をとった男性が出てきて声を掛けられた。

「お部屋をお探しですか?」

「いえ」

「自由が丘は毎年住みたい街の上位に入っていて、年々家賃が上がってね。私が言うのもなんですが、ほかの街と比べられてから決めた方がいいですよ」

商売っ気のない物言いに、「そうなんですね」と相槌《あいづち》を打った。

「どちらにお住まいですか」

「祐天寺です」

「あの辺りはまだ急な値上がりはないでしょう。大家さんも古くからの人が多くて、家賃据え置きの物件もたくさんあります。管理会社が入っているところも少なくて、地元の不動産屋さんがやってるところが多いんですよ」

「私の部屋もそうです。不動産屋さんは中目黒《なかめぐろ》なんですけど、古いマンションを建て替えた物件なんですが家賃も良心的で良い物件だよと勧められて。住んで五年目なんですけど」

老人は「失礼ですが」と前置きをしてから有希に間取りを聞き、「それは良い物件ですね」と言った。「ほら、これとほぼ同じ間取りですよ」と、さっき有希が見ていた貼り紙を指した。

「部屋を探しているんじゃないんです」

その先をどう伝えたらいいかわからずにいると、老人が「中に入りましょうか」と誘った。ガラスの花瓶と一輪挿しには花が生けられていて、包装紙に包まれたまま菓子箱が積まれていた。

「老人ひとりの職場には似合わないでしょ。お花は少し先の花屋さんがときどき持って来てくれるんですよ。留守をすることが多いので長持ちするものを選んでくれてね。これも商店街のお菓子屋さんからの頂き物です。こういう仕事をしていると人とのご縁が深くなって、恩恵にあずかることが多いんですよ」

口ぶりから信用できる人だと思った。この人にならいろんなことを尋ねてもいいかもしれない。有希は芽生えたばかりの気持ちを口にした。

「ラーメン店を開業したいと思っているんですが、いい物件はありませんか？」

予想外だったのだろう、老人が、〝おや〟という顔をする。

「今はラーメン店で働いているんですが、ゆくゆくはお店を持とうと思っていて。具体的にいつとは決めていないんですが、延び延びになっちゃっても困るので」

誰にも話したことのないことを伝えながら、気持ちが前のめりになっていることに気づく。

「もちろん物件は紹介しますが、それはあなたが開業することを決断されてからの方がいいんじゃないですか。老婆心かもしれませんが、少し衝動的な感じがしますので慎重になられた方がいいと思いますよ」

「本当は決めていました。できればこの夏までにと考えていたので、そろそろ物件探しをしないとヤバいと思っていたところなんです」

嘘をついた。決めているのは、〝やがて〟という漠然とした未来だけで、貼り紙を見るまで何も思わなかった。三十分遅れていたら貼り紙さえ見なかっただろう。

「わかりました。物件はたくさんご紹介できますのでゆっくりご覧下さい。お時間はあるんですか？」

「はい」

「ではお茶を淹れますね。これも商店街のお茶屋さんからの頂き物ですが。おまんじゅうとクッキー、どちらがお好きですか？」

「いえ、そんな」

「お若いから洋菓子がいいかな。焼き菓子が好きなもんだから、いつも届けてくれるんですよ。ここのところお洒落な街になってしまいましたが、古くて人情味のある商店街なんですよ」

老人が無造作に包装紙をやぶって箱を開け、「あらあら」と声をあげた。

「マカロンでしたね。今流行ってるんだってね。さて、お茶に合いますかね」

慌ただしい日々の中にいると、こうしておっとり話されるだけで戸惑ってしまう。会話もしない客に慌ただしく一杯のラーメンを売ることと、世間話をしながら客と菓子をつまむことは両極のようだ。一年前まではまぎれもなく後者だったのに……全力で駆け抜けた一年を振り返りながらマカロンをいただくと、老人が目を丸くした。

「これはおいしいですね」

「はい。泡みたいにフワーって広がって」

有希にとっては珍しくもないマカロンが、初めて食べたように初々しく口中に広がる。予定外の行動が洋菓子の味を変えてしまったのだろうか。掛け時計が十一時四十分を指しているのを見て、「ごめん吉乃」と心で謝った。もっとも予約していないから謝ることもないのだが。

「ではご用件をお聞きしましょう」

面接でもないのにすごく緊張する。有希はカウンター十席程度の店を持ちたいと切り出した。

花丸付きの物件はもう契約済らしく、不動産屋はこうした見せ物件を貼ることで集客を図るのだとか。電柱に括《くく》り付けてある激安マンション情報と同じである。老人が分厚いファイルを抱え、

「自由が丘限定ですか」と尋ねると、有希は迷わず「はい」と言った。

「そうですか、そうですか」

老人が慣れた手つきで物件広告をめくる。角に折り目をつけながら数冊のファイルを積みあげる

と、振り返り「おーい」と誰かを呼んだ。住居一体型の店舗なのだろう、ガラス戸を引いて老人の家族らしき男性がサンダルを履いた。

「うちの息子でこの店の後継ぎです。不動産業をはじめてまだ五年ですがね」

男性は余計なことを言うなという顔をして、折り目のついたチラシをコピーした。

「自由が丘となると相場もなかなかしますが、ご商売のことを考えるとやはりこの街でということなんですね」

「そうです」

「多摩川を越えるとぐんと安くなりますが、そういうお気持ちはないんですね」

「はい」

「溝《みぞ》の口《くち》とか、沿線は違いますが、鷺沼《さぎぬま》やたまプラーザあたりも人気がありますし、比較的お値段も抑えられますよ」

「いえ、自由が丘で」

自分でも気づかないうちに強気になっていた。自由が丘に決めたのは、吉乃や『くぐる』の亜紀と出会えたこともそうだが、以前から女性客を優先した店づくりをしたいというテーマがあったから。こうして女性人気の殿堂入りのような街に導かれたのは縁以外のなにものでもない。

萩原の『らーめん旬華』と競争したいという気持ちもあり、絶対に負けられないと強気になる。さすがに新橋はやりづらい。

「いい物件がありますが、これなんかいかがでしょう」

差し出されたコピーには、有希が思い描いていた図面が書かれていた。駅近の角地でカウンター十席、メイン商店街の真ん中にあり、図面にはいくつも窓が書かれてある。何よりも居抜き物件という文面に有希はそそられた。

「親父《おやじ》、それ、居抜きだよ」

「社長と呼びなさい。すみません、家内制手工業なもので、ははは」

男は音を立ててサンダルを脱ぎ奥へと消えた。

「そうか、居抜きかぁ」

「居抜きがどうしたんですか？」

「居抜きというのは手間が省けて経済的だと思われがちですが、電気系統や水まわり、ダクトの位置などを変えることができないから店内のレイアウト変更ができないんです。広さや席数がちょうど良くても、文字通り居抜きのまま使うしかないんです」

「そうなんですね」

「店内設計を変更すると、水まわりやダクトの位置を変えるだけではなく、下水環境を整えるために床を剝がして工事をし直さなければならないし、床を剝がすとなると新たに害虫駆除を行わなければならない場合もありますので工事費がどんどん嵩《かさ》むんです。ですから居抜きといっても総合的に判断すると、それほど金額に差が出るわけではないんです」

老人の話に、有希がひたすらうなずく。

「賃貸者が契約を解除するには原状回復が原則となりますが、管理の悪い物件は壁面や床など表面的な修繕がされているだけで、排水系統などに問題を残したままのものもあるんです。もちろん、うちが預かっている物件には粗悪なものはありませんからご安心ください。居抜きのまま営業されても大きな問題が起こるとは思えませんが、ご自分が考えられる店舗設計があるのでしたら、本当に居抜きでいいのかをお考えになることが大切だと思います」

詳細かつ丁寧な説明に驚いた。有希が聞きそびれたり理解できなかった部分を尋ねると、老人は咀嚼《そしやく》するように丁寧に答えてくれた。

「不動産屋さんって、そういう専門的なことも勉強されるんですね。驚きました」

「勉強というより、経験ですね。いろんな方が物件を借りられますから。契約するときも契約を解除するときも、ご自分の考えをはっきり言われる方が多いですよ。とかく飲食店は流行らないと物件のせいにされがちですからね。居抜き物件は特にそうです」

「この街の飲食店は入れ替わりが多いんでしょうか?」

「私の知る限りでは、それほど多くはありません。どなたもどっしりと腰を据えてやられていますよ。ここは商業地と住宅地が共存する古い街ですから、住民や商店主が利用する店になれば長続きすると思いますよ。長く続いているお店は、観光客や遊びに来る人をあてにするんじゃなく、暮らしている人を最優先に考えますから。お店のことだけではなく、商店街の行事やお祭りにも参加しなければなりませんし。商業地というのは、新旧の店が繋がり合って発展していくんですよ。ここはご近所付き合いがしっかり残っている、昭和の風情《ふぜい》を残した街なんですよ」

老人はほかにも詳しく教えてくれた。都会の駅近だから駐車場がなくてもいいだろうという考えはナンセンスで、コンビニのような短時間で買い物をすませる店でも、駅から少し離れるだけで駐車場の需要が高まることや、店の家賃は月商の7%を目安にすることが基本だという話まで詳しく。

有希は話を聞きながら頭で計算機を叩いていた。カウンター席が十席で単価いくらのラーメンを何杯出して、仕入れと光熱費がいくらで、固定費とアルバイト料も必要だし……数字がまとまらず頭の中の計算機を消去する。

「やっぱそうですよね」

「大変なんですよ、特に飲食店は」

話が一段落し、老人がふたつめのマカロンに手を伸ばしたときに奥の扉が勢いよく開いた。男性が忙しく書類をバッグに入れて靴を履いた。

「余計なことは言わないでくれよ」

そう言い残してから男は駅へと向かった。

「実は、あいつも飲食店をやってたんですよ」

それから老人は、男性の言う余計なことを話しはじめた。

老人によれば、息子は脱サラをしたあとカフェを経営したが失敗し、それでも飲食店経営をあきらめずに、店を改装して二度目のオープンをしたという。しかしそれも軌道に乗らず、一度目の開店からわずか二年で閉店したのだそうだ。

原因は、息子が料理人ではなく、料理未経験の経営者であったことと、店内デザインを華美にしすぎたことだったと言う。父親のコネで物件的には優遇されたが、不動産経費を節減できた分、家具や音響機器など空間づくりに投資しすぎたのである。

気軽に入店できるカフェにとって高価な家具や装飾は逆効果となり、バブルの残党のような客ばかりが目立ちはじめ、やがて衰退した。半年後には店をリニューアルしてメニューも見直し、店名も新しいものに変えたが、それも上手くいかず、息子は飲食事業から撤退し、父親の後を継ぐために宅建の免許を取ったそうだ。

「あの、さきほどの物件、内見させてもらってもいいですか」

「余計なことを話してしまって申し訳なかったね。息子には内緒にしておいてくださいよ」そう言ってから老人は鍵を取り出した。

有希と老人が商店街を通ると、商店主たちが誰かれともなく老人に話しかけてきた。ランチタイムに活気づく商店街には笑顔があふれ、有希はこの街にいままでより好感を持った。老人からさまざまな店の特徴や家族構成、店主の出身地などを聞かされるうちに、早く自分も店主になりたいと思った。

居抜き物件は、情報通り商店街の中程の角地にあった。東向きで日当りがよく、隣にはクリーニング店、正面には花屋と文房具店と理容室が並んでいて、道路は業務車両以外は通らないらしい。中に入ってみると、まだ臭いが残っていた。

「インド料理の店が入っていたんだけど、カウンターだけというのがネックだったみたいであまり流行らなかったね。一年もせずに出られましたよ。インド人のオーナーさんはテーブルに皿を並べて食べてもらえる店を探していたんだけど、共同経営者がカレー専門店にすれば大丈夫といって押し切ったんです。商店街には他にもカウンターだけのカレー屋さんがありますからね。出られて三ヶ月ぐらい経ちますけど、そろそろ二回目のクリーニングをしなければいけないなと思っているところです」

窓を開けてこもっていた臭いを逃がし、採光や風通しなどをチェックしてみる。厨房に入ると思ったよりも狭く、床が少し傾斜しているのが気になった。聞けば床に水が溜まらないようにわざと傾斜をつけたそうだが、これではむしろ気になってしまう。コンロ台の幅を両手で計りながら寸胴や鍋をどう置き、作業台をどこに置けばいいか脳内シミュレーションしたが、やっぱり狭い。有希が描いていた店内予想図とほぼ同じだったのに、内見したら悩んでしまった。

「はい、お持ちしましたよ」

老人からメジャーを手渡される。本当に気の利く人だ。

コンロ台、作業台、シンクの高さ、カウンター幅、座席から壁までの距離などを計りスマホにメモする。もちろん動画撮影も忘れない。収納スペースが広いことと、トイレに最新のウォシュレットが設置してあったのがポイントだ。空調機器と備え付けの空気清浄機は新しくて強力そうだった。この物件のプラス点とマイナス点を考慮しながら頭の中でラーメンづくりをシミュレーションしてみる。

「そろそろ行きましょうか」

「でもまだ」

「でしたら鍵をお預けしますので、ご覧になったら店にお戻しください。私はお客さんがお見えになりますのでお先に失礼します。鍵は閉めておいてくださいね」

ひとり座席にすわって冷静に考える。『花水木』と比較してこの広さならアルバイトを常時ふたり雇えば回るだろう。もともとメニューは多く考えていなかったし、サイドメニューの餃子やチャーハンも出すつもりはない。女性をターゲットにしたカウンターだけのラーメン店というコンセプトは話題になるはずだ。

スタッフは女子オンリー、内装もザッツ・ラーメン屋というものではなくカフェを連想させるものにしよう。ユニフォームとエプロンはどうしようか、店先にあるわずかなスペースは花壇にして花を植えよう。食べ終わったお客様に、口直しのフルーツを出すのはやりすぎだろうか。いや、イチゴとかみかんとかをわずかでいいから出すと喜ばれるだろうしコストもそれほどかからない。

深く考えていなかった女子ラーメンの構想がどんどん広がっていく。目を閉じたら、女性でカウンターが埋められている光景が浮かんだ。

一箇所だけアクセントになる絵を壁に飾りたいな。そろそろ止《や》めなければと思っていた妄想がまた走り出した。最後にもういちど厨房に入ってから物件を後にした。

戸締まりを確認していたら、花屋の女性から「いつから始められるんですか」と声を掛けられ、慌ててかぶりを振った。

鍵を返し、接客中の老人に挨拶をして店を出た。吉乃の店を覗いたら満席だったので、目だけ合わせてから帰ろうとしたが、忙しくてそれどころではなさそうだった。いいなぁ、吉乃。近い将来、私の店もそうなるさ。妹のこずえが気づいたみたいだがそのまま帰った。

亜紀の店に行こう。物件のことを最初に吉乃に話したかったけどまぁいいか。鶏そば屋はライバル店になるけれど、距離も離れているから大丈夫。地元も近いし、情報交換をしながら高め合えたらいい。

そんなことを考えながら吉乃の店から十五分ほど歩くと、『ぐぐる』にも行列ができていた。ランチタイムのピークは過ぎているのにすごい賑わい、大きなバッグを持った明らかに地元じゃない人も並んでいる。この街の誰かに話したかったけれど仕方がない。こういう日は無難なカフェでランチをしてから、気合いを入れてもう一本ヨガのレッスンを受けよう。ＯＬ時代に通った青山のスポーツクラブではなく、近所のヨガ教室だけど、レッスンに変わりはない。

予期せぬ物件めぐりとヨガを2レッスン受けたことで心身ともにリフレッシュできた。久しぶりにへとへとになるまでカラダを動かして気持ちが良かった。木之内とのこともあるけれど、気持ちを切り替えて明日からまた頑張ろう。


豪雨に見舞われた翌日は開店から客足が遅く、ランチタイムも半分ほどしか客は埋まらなかった。ほぼ客が引いた頃、よその店舗を偵察しに行ったリョウタが、「どこの店も同じっすよ」と報告しながらびしょ濡《ぬ》れになったレインコートを払った。

「こらっ、外でやれ」

木之内は今日も機嫌が悪いみたいだ。

減らないスープの見張り番をするのはせつないもので、スタッフのため息が聞こえる。

停滞ムードを振り払うように、横谷が「早めにまかないつくりましょうか」と言うと、「まかない代を稼いでからだろ」と木之内にどやされた。これ以上、木之内の機嫌を損ねないようにスタッフは無言になった。

「こういう日は、ウチみたいなテーブル席のある店は大打撃だな。二十五ある座席がひとつも埋まってないのは何年振りだ、なぁリョウタ」

「そうっすね」

「そうっすねか。いいなぁお前は、呑気《のんき》で」

「呑気じゃないっすよ。どうしたら客がくるか考えてるんすから」

「そうか、じゃてるてる坊主でもつくってくれ」

リョウタが木之内の背中に怒りの視線をぶつけてから有希を見る。「ね」という目をしたら、鼻にシワを寄せて親指を下に向けた。

その日は夜になっても雨がやまず、スタッフ全員が昼夜ともまかないにラーメンを食べて仕込み分を減らした。せっかくリフレッシュしたのに、雨と不機嫌な木之内のせいで気分は振り出しに戻ってしまった。客よりもスタッフが多いとは、なんて日だ。まかないのラーメン二杯でヨガの2レッスン分が差し引きゼロになってしまった。

帰りは遠回りして太一の店の中を窺うと、『花水木』と同じで客はいなかったが、店内から笑い声が聞こえてきた。いつもは奥にいる太一がカウンターの中でスタッフに囲まれている。なにやら楽しそうで羨ましい。『花水木』も二転三転あったが、チームワークでは負けていないぞといい聞かせたが、木之内のことを思うと、今日は負けた気がした。

木之内のきつい口調がこれからも続くとしたら嫌だなと、笑い声のする店内を見ながら辛くなる。嫌な予感は当たり、翌日からしばらく過ぎても、木之内の有希への態度は硬化するばかりだった。


久々に朝から出勤した野上が、ランチタイム終わりにスタッフを集めた。出勤日以外のスタッフも極力参加するようにというグループLINEにより、ほとんどのスタッフが出席した。

「みなさんに話したいことがあります」

そう切り出してから野上がひとつ咳《せき》をした。

「実は二号店をオープンさせることになっていましたが白紙になりました。二号店のスタッフ育成ということでスタッフを多くしましたが、現状のままでは厳しくなり人員削減を考えなければならなくなりました」

物腰の柔らかさが余計に重く感じる。腕組みをしながら聞く木之内は事情を知っていたのだろう。

「なんでダメになったんですか」

リョウタが説明を要求した。

「想像以上に物件が傷んでいて工事費がかなり嵩んでしまいました。時間も相当かかりそうです。管理業者の見落としが原因ですが、文句を言ってもしかたありません。開店してから問題が起きることを考えたら、これで良かったと思うよりほかありません。みなさんには期待をさせただけではなく、現状を考えるとどなたかに辞めていただかなくてはなりません。これは私の責任です。勝手を申しますがどうかお許しください」

水を打ったように場が静まる。スタッフの顔を見渡しながら、横谷が挙手をした。

「つまりアルバイトを何人か辞めさせるということですか？」

「そうです」

「正直、何人辞めればいいんですか？」

「四人です」

曖昧《あいまい》なことを言わず実直に答える野上に不満を言う者はいない。この店の誰もが野上を尊敬しているのだ。しかし、どの顔にも自分が犠牲になるのではないかという不安が滲《にじ》んでいた。

「これは経営者としての私のミスですから、お辞めいただく方にはできる限り金銭的配慮をさせていただきます。それを踏まえて、アルバイト料の値上げはしばらくできません。社員の皆さんにも負担をおかけすることを前もってお伝えさせていただきます。私は自分からどなたかに辞めてくださいと言えるほど強い人間ではありません。みなさんから申し出ていただくわがままをお許しください」

深々と頭をさげる野上に誰も声を掛けられない。重苦しい空気の中で、誰もがうな垂れている。こんなにも野上が苦しんでいたことを知らされ、有希は不動産屋に物件を見に行ったことを薄情に思った。

「俺は辞めませんよ。給料が下がっても絶対辞めませんから。俺はずっと店長について行きますからね、ぜったいついて行きますからね」

荒い息を吐きながらリョウタが言う。

「俺もですよ。この店が好きですから。役者をやるために働いてるけど、それだけじゃないんだよ。わかってるよね、店長」

横谷が途中からタメ口になった。目にはうっすらと涙が浮かんでいる。

「そもそもなんで誰かが辞めなきゃいけないんですか?」

リョウタが話を振り出しに戻し、誰もが耳を傾けた。

「私は、単なるアルバイトと考えてほしくなかったから、ひとりひとりに時間をかけて面接をしました。ラーメンをつくれるようになってほしい。この店でラーメンへの関心を持っていただき技術を習得して、将来はラーメン店を出したいと思ってもらえるようになってほしいと願っていました。そのために、誰もが最低週三日以上勤務してもらえるように副店長にシフトを組んでもらいましたが、二号店が白紙になった今、週一程度しか働けない人がでてきます。失礼な言い方になりますが、週一程度でもいいと思う人にお辞めいただこうと思っています」

　野上の声が上ずった。洟を啜るスタッフもいる。有希は出店などまだ早いと胸に言い聞かせながら、このタイミングで辞めたらどうなるのだろうと考えを巡らせる。野上の真摯《しんし》な態度にスタッフが心を揺さぶられる中、感傷に流されないドライな自分を感じていた。

　それから話は木之内がまとめ、辞めたい者は木之内に申し出ることになった。野上はスタッフを制して洗い物をしてから店を出た。消沈した気持ちを引きずったせいだろうか、その日は閉店まで客入りが少なかった。

　翌日にはふたりが、その次の日もふたりがアルバイトを辞めると名乗り出た。ひとりでは言い出せずに、それぞれ二人組になって木之内に申し出たのだ。

　辞めたひとりの履歴書には、〝修業のつもりでラーメンづくりを学び、将来は自分の店を持ちたいです！〟と書かれていたことをリョウタが教えてくれた。

「あいつら上っ面だけで、ちっとも本気じゃなかったんすね。腹立ちますよ」

「いいじゃん、それぞれに考えがあるんだから」

「辞めたら金がもらえるって聞いたから言ってきたんすよ。姐さんはどう思います、今どきの大学生のやつらのこと」

「イマドキって、リョウタより歳上じゃん」

「親から仕送りしてもらってキレイなワンルームとか住んでる奴ですよ。真面目に働いてるふりして、結局そんなもんすよ大学生なんて」

　リョウタは、易々《やすやす》と辞めていく学生バイトがおもしろくないのだろう。それでもアルバイトを四人削減しなければならないという問題がたった二日でクリアになったのだ。言い換えれば、労働条件が悪くなっても働きたいという人間が残ったことになる。

二日後、またふたりのアルバイトが辞めたいと申し出た。急に六人ものスタッフがいなくなることに慌てた木之内が、次のアルバイトが見つかるまで働いてほしいと懇願すると、ふたりは強気な態度で突っぱねた。

「もう決めたんで」

「もう少しなんとかならないか」

「いや、無理なんで」

このやりとりに、それまで我慢していたリョウタがキレて、ふたりを怒鳴りつけた。

「お前ら調子に乗るんじゃねぇーぞ」

「なに、お前？　歳下に言われる筋合いないんだけど」

「歳なんかカンケーねーだろ、お前らみたいなクソは『花水木』には要らねーんだよ、とっとと辞めろ！」

「だから辞めるって言ってんじゃん」

激怒するリョウタを横目に、木之内がため息をつく。するとひとりが淡々と切り出した。

「僕らはお金いただけないんでしょうか。店長が言ってた退職金みたいなの」

「てっめーら！」

殴りかかろうとするリョウタを木之内が押さえようとしたが、勢いに負けてリョウタもろとも床に倒れ込んだ。リョウタが暴れて木之内の手を振り払った。

「リョウタは引っ込んでろ」

木之内が立ち上がり、ふたりに向き直った。

「君たちにお金は出せない。もう引き留めないから帰ってくれ」

「そうですよね、都合よすぎるかなと思ったんですけど、いちお、言ってみただけです。お世話になりましたー」

半笑いで店を出るふたりに、リョウタが最後まで怒りの視線を浴びせていた。

木之内は野上にどう報告するのだろう。それを聞いた野上はどんな思いをするのだろう。これがラーメン店の抱える現実なのかと、やりきれない気持ちになる。

アルバイトの浅はかな態度に怒ったリョウタと、体を張ってリョウタを止めた木之内の気持ちは同じだろう。リョウタの行為はともかく、これでこの店にはいい加減な気持ちで働く者はいなくなった。野上から二号店の報告がなければ、働いている者たちの本音を知ることもなかったのだから膿がでたと考えればいい。

自分にはリョウタや木之内のような愛情はあるだろうか。有希は休日のたびに物件探しをしている自分に問いかけた。

アルバイトが六人辞めたことは店には大きな痛手となったが、すぐさまアルバイトを募集し、残りのスタッフでシフトをやりくりしながらなんとかピンチを乗り切ることができた。

外出することが多かった野上も頻繁に店に立つようになり、『花水木』はいつもどおりの賑わいを取り戻した。

今回の件を省みて、定期的にスタッフミーティングが開かれるようになり、リョウタがアルバイトへの指導係を買って出た。本来ならばバイト長の横谷の役割だが、有名俳優が座長を務める舞台の長期公演に抜擢《ばってき》され、稽古《けいこ》に時間を割かれることが多くなった横谷の後をうけた。横谷にとっては大きなチャンスなのだ。

　それにしても近頃のリョウタには目を見張るものがある。ついこの前まではヤンキーあがりの少年だと思っていたが、今では誰よりも真面目に仕事に取り組み、スタッフからの人望も厚い。熱くなりすぎるとヤンチャ気質が出るのがたまにきずだが、「二十八歳で店を持つ」という夢に向かってその距離を着実に埋めているように思える。

　そういえば、この前、久々にランチをした太一も、二十八歳までに店を持つと言っていた。男子にとって二十八歳という年齢は節目なのだろうか。有希は、とうに過ぎた日々を思い返し、あの頃は毎日が楽しければそれでよかったと振り返る。

　与えられた仕事の中で、やりたいことから優先し、気乗りしない仕事は要領よく部下に振り分けていたことを思いだす。そんな仕事さばきを見込んで社長秘書にしたと萩原が笑いながら言っていた。その後、萩原から管理職に就いてほしいと言われ、「偉くなると責任が重くなるから、給料だけアップして」なんてよく言えたものだ。

　リョウタや太一と比べ、どれだけ生意気な二十八歳だったことか。有希にようやく夢の輪郭が見えはじめたのは、ついこの前だ。

11

アルバイト事件から二ヶ月が過ぎ、スープ担当に戻った有希に、木之内が大声で怒鳴った。

「なんでこんな簡単なミスをするんだ」

「ちょっと待ってください。なんで私なんですか？」

客の目を窺《うかが》いながら有希が反論する。

「オーダーミスをするなんて、初歩の初歩だろ」

「そんな間違えするわけないじゃないですか」

「じゃあなんでこんなことが起こるんだ」

「そんなこと知りませんよ」

木之内と有希が客の前で睨《にら》み合い、およそ飲食店には好ましくない場面になった。

「あの、僕、しょうゆで大丈夫なんで」

目の前の言い争いを客がなだめる。

「すぐにお取り替えさせていただきますのでご勘弁ください。代金はお戻しします」

「いえ、問題ないんで」

「こちらに問題があるんです」

気遣う客から木之内が不機嫌そうに丼《どんぶり》を下げる。

「あの、僕、しょうゆ頼んだんでそれでいいですよ」

別の客が気遣って言った。

「一度、引き上げたものをお出しすることはできません。すぐご用意いたしますのでお待ちください」

有希を睨みながら木之内が奥に移動し、これみよがしにシンクにラーメンを捨てる。追いかけてきた有希が、木之内に言い寄った。

「言っておきますけど、私のミスじゃないですから」

「じゃ誰《だれ》だ」

「知りませんよ」

すぐさまリョウタが割って入りふたりをなだめたが、有希は気持ちを抑えることができなかった。

「冗談じゃない。リョウタ、代わって」

「勝手にポジションを変更するな」木之内の怒声が客にまで届く。

有希が木之内を無視し奥で洗い物をはじめ、留守になったカウンターをリョウタがすぐさま埋めた。

閉店後、店には木之内と有希とリョウタだけが残った。有希が反論するきっかけを窺っている。木之内が券売機の売り上げを確認し終えるのを見て、有希が口火を切った。

「副店長、さっきのことですが、あれは私のミスではありません」

つとめて冷静に言う有希に、木之内が振り返る。

「じゃ誰のミスだ」

「何度も言いますが知りませんよ。私は犯人扱いされたのが納得いかないだけです」

「犯人扱い？」

「そうじゃないですか。やってもいないのに人のせいにして。私はオーダー間違えをしていないし、つくったのは副店長じゃないですか」

「俺《おれ》だって言うのか」

「違うんですか」

ふたりが睨み合い重い沈黙が訪れた。いたたまれなくなったリョウタが、シンクで流れっぱなしの水に、「もったいないですよ」と話の糸口をつくろうとしたがふたりは続かなかった。

乱暴に食器を重ね始めた有希をリョウタがチラリと見る。通りの酔っぱらいの声がはっきり聞き取れるほど静かな時間に、木之内が荒い息を吐いた。

「ちょっといいかな」

返事をせずに有希が向き直り、リョウタが作業の手を止めた。

「今日のミスは単なる油断が原因だ。いつもどおりの作業をしていると、時々こういうことが起こる。スタッフひとりひとりが気を引き締める以外に解決策はない」

視線を逸《そ》らした木之内を、有希がじっと見据える。

「門阪さんとの連携もすこし緩慢になっていたかもしれないから、明日からはしつこいぐらい何回も確認しながらやっていこう」

同意を求められたが有希は返事をしない。リョウタがチラチラと有希に目をやった。

「幸いお客さんもいい人で揉《も》めごとにならなくてよかった。リョウタもすぐに場を埋めてくれたしな」

今度はリョウタに同意を求める。リョウタが、「そうっすね」と返した。

「もしこれがクレーマーだったら、その場だけでは済まずにSNSへの投稿もあるからな。粗探《あらさが》しをするだけのラオタもいるから十分に気を引き締めないと」

話が続かず言葉に詰まる木之内に、リョウタが手を打ち鳴らした。

「はい、じゃ今日は解散っていうことで、明日からまた頑張りましょう。おつかれさまでした」

リョウタのフォローにも有希は無反応のまま。コックコートを脱ごうとする木之内に、有希が言い寄った。

「ちゃんと話し合いませんか」

木之内が険しい目で有希を見た。

「結局あれは、誰のせいだったんですか？」有希がいきなり話を蒸し返す。

「誰のせいでもない。オペレーションミスだ」

「でも私のミスだと断言されました。スタッフもそう思っています」

「オペレーションミスだということは伝えた。門阪さんだけの責任ではない」

「〝だけ〟ってどういう意味ですか、私にいちばん比重があるということですか。ラーメンをつくったのは副店長ですよ。出す前に確認できたはずです」

「じゃオーダーを混在させたのは誰だ、お前だろう」

「そこ言います？　いちいち丁寧に食券を並べろって言うんですか。忙しいときにひとつひとつ丁寧に？　ウソでしょ？」

声を荒らげる有希に、木之内が歯ぎしりをする。

「ここのところ何度かお前の湯切りした麺《めん》に茹《ゆ》でムラがあったよな」

「なに話を逸らしてるんですか」

「鶏《とり》がらの下処理のミスもあったし、茹でムラのことは何度も注意したはずだ。お前にはどこか注意散漫なところがあるんじゃないか」

「それと今日のことは別じゃないですか」

「話は別でも無関係じゃない。俺たちの仕事は単調な作業の繰り返しだ。ちょっとした油断がそういうミスに繫《つな》がるんだよ」

有希が木之内から視線を逸らさない。リョウタは見守ったままだ。

「湯切りは技術的なことも要求されるし、私がまだ未熟なことはわかっています。だから必死で追いつこうとしているし、鶏がらの下処理は、あれ以来、失敗していませんよ」

「あれ以来って、ついこの前復活したばかりだろ」

嫌味まじりの言葉に、有希が白けた目をする。わざとらしくため息を吐いた。

「副店長は謝れない人なんですね。私はそういう人がいちばん嫌いなんですよ。誰の責任でもないって言っておきながら、結局は私のミスだって言ってるようなもんじゃない。責任がゼロとは言いませんよ。でも、副店長にも責任があることはわかってますよね？　それでも私に全部押しつけるんですか？」

「誰が全部お前に押しつけたって？」

「あなたですよ。だから反論してるんですよ。前に言いましたよね。お前はガッツがないって。聞き分けがよすぎるって。悔しかったら反論しろって。めっちゃ悔しかったですよ。だからスープ担当を外されても、もういちど認めてもらえるように頑張ってきたんですよ。女だからって甘やかさないとも言ってましたよね。逆ですよ、女だから頑張んなきゃならないんですよ」

興奮した有希をリョウタが止めに入る。有希の瞼《まぶた》から涙がこぼれた。

「ひとつ言っていいですか」

木之内の了解を待たずに有希が話し始めた。

「二号店がなくなるからそんなに不機嫌なんですか？」

「姐《ねえ》さん、何言ってるんだよ」

「リョウタは黙ってて。だからってなんで私にあたるのよ。あなた副店長でしょ。責任ある立場でしょ」

「姐さん、言いすぎだよ」

「こうも言ってましたよね。お前が副店長を狙《ねら》うと言っても俺が渡さんって。私が努力するなら俺は倍努力して副店長の座を守るって。なんなのそれ？　そんなこといちいち言わなきゃいけないことなの？　言われた方の身になってよ」

リョウタが有希の腕を摑《つか》み、無理矢理その場から離そうとすると、有希が奇声を上げた。

「最後ぐらい言わせてよ」

リョウタが手を放し、木之内が驚いた顔をした。

「あなた、仕事は厳しくてもいいけど、人間としてもっとやさしくできないの？　野上さんが『花水木』はどんな小さな問題でもみんなで解決するチームワークの店だって言ってたのに、あなたは私を犯人扱いしたじゃない」

そのまましゃがみ込んだ有希が唇をわなわなと震わせる。何かを言おうとしても嗚咽《おえつ》で言葉にならない。感情を抑えつけようとすると身体《からだ》が震え出し、堰《せき》を切ったように大声で泣いた。

「バカヤロー」

床にしゃがみこんで泣き叫ぶ有希を、リョウタがそっと抱いた。リョウタの肩でひとしきり泣いたあと、有希がリョウタから離れ立ち上がった。

「あなたの下では働けません。辞めさせてもらいます」

木之内を睨んでから、有希はエプロンを丸めて作業台の上に叩《たた》きつけた。

「好きにしろっ。そのかわりパワハラとか言うなよ。勝手に辞めるんだから」

「副店長、いくらなんでも言いすぎですよ」リョウタがたまらず声を荒らげる。

「お前もいちいち偉そうなんだよ。こんなやつの肩ばっか持つんじゃねぇーよ」

「誰が偉そうなんですか。俺のことナメてるんすか」

もはや有希の耳にふたりの言い合いは届かない。木之内との会話も不毛に終わった。これ以上ここにいても無意味とばかりに、有希がロッカーから上着とバッグを取り出した。

「お世話になりました」

作務衣《さむえ》のまま店を出る。リョウタが追いかけてくる前にダッシュして、三つ目の角を曲がったところで息があがったので歩き出した。胸元の汚れを指で払うと、また泣けてきた。ハンカチと化粧ポーチを忘れてきたみたいだ。今さら取りに帰れるか。

寒くなったのは泣きすぎたからだろうか。太一の店のガラスが湯気で曇っている。大盛況だ。太一、早く店を持てよ。リョウタもね。

悲劇のヒロインを演じていた有希がふと我に返る。悔しさにまみれながらどこかスッキリした気持ちなのは、辞めるタイミングを見計らっていた自分がいたからだ。

今日の件は自分のミスではないけれど、気が緩んでいたと言われてもしょうがない。木之内の言い方や態度は許せないし、二度と顔を見たくない。あんなやつと二年も一緒に仕事をしてきたのかと思うと時間を返してほしくなる。

でも心では物件を内見したときから早く店を持ちたくなり、気が散漫になっていた。いつからか『花水木』よりも自分の店のことばかり考えるようになっていたことは事実だ。

自分はずるい女だ。今日の件にかこつけて、次のステップへ進もうとしている。『花水木』は理想の店のひとつだし、野上のことは今でも尊敬している。野上とならだまだまだ働きたいと思っているが、今は木之内の店になってしまった。すべては辞めるように傾きはじめていたんだと、ずるい自分に言い訳をした。

駅からの帰り道、案の定、リョウタからＬＩＮＥがきた。

〈姐さん、今、どこですか？〉

返信するつもりもなく既読にした。

〈今から会えない？　どこでも行くから〉

これも既読にしたが会うつもりはない。

〈あれから副店長に言ってやったから、意地を張らずに明日また来てください。っていうか、絶対に来て‼〉

リョウタっぽい文面に少し気持ちが軽くなる。でも既読はつけなかった。

部屋に帰りバスタブにお湯をためた。明日は行かなくていいと思うと、ゆっくりと過ごしたくなった。冷めていく木之内への怒りとは逆に、後戻りできなくなったことに覚悟を固める。

久しぶりに焚《た》いたアロマキャンドルで気持ちを鎮めようとしたが上手くいかず、悶々《もんもん》としていたらのぼせてしまった。のぼせた身体をストレッチングで整えながら、右腕が太くなっていることに気づいて落ち込んだ。

スマホが能天気な音を鳴らしてＬＩＮＥの着信を報《しら》せる。またリョウタだろうと、気にもせずストレッチングを続けて身体の隅々まで伸ばした。冷蔵庫から缶ビールを取り出しプルトップを引いてからスマホを手にした。野上からだった。

〈副店長とリョウタから連絡がありました。話し合う時間をくださいＶ〉

あれこれ考える前に、〈すこし時間を下さい〉と返信した。尊敬する人の店を辞めなければならないと思うとまた涙が溢《こぼ》れた。

〈連絡を待ってます〉

野上はきっと自分を引き留めるだろう。木之内も謝ってくるに違いないが、そんなことは望んでいない。私は今日の出来事を都合よく利用して、この先へ進もうとしている、ずるい女だ。これがＯＬ時代とは違う、本気でラーメンと対峙《たいじ》してきた私なのだ。有希は大きく変わろうとしている自分を、したたかに感じていた。

脳裏《のうり》にうごめく悶々とした思いに眠れなくなりスマホを手にしたが、連絡表示はない。やりきれなくて、返信しないままにしていたリョウタにＬＩＮＥをした。

〈心配かけてごめん〉

返信を期待して、それ以上は書かなかった。

〈姐さん、今、どこですか？〉

すぐさまリョウタからさっきと同じ文面が送られてきた。

〈もう家だよ〉

〈そうかぁ。無事に帰れたんだね。よかった〉

〈あたりまえだ！〉

〈心配だったからサ〉

〈ごめん、もう大丈夫！〉

〈明日、来るよね？〉

〈それはムリ〉

〈だめだよ、そんな簡単にやめちゃ〉

〈もう決めたから〉

〈お願いだから冷静になってよ〉

〈ムリ〉

〈だから、そ〉

中途半端な文面が返信された途端、ＬＩＮＥ通話に切り替わりスマホが震えはじめた。待ち受けが『花水木』の塩ラーメンになっている。

「もしもし、姐さん。本当に辞める気じゃないよね」

「ううん。もう決めたから」

「修業して自分の店持つって言ってたじゃん。アイツに言われたことなんか気にしちゃダメだよ。アイツだって気にしてるんだから。姐さん帰ってから、〝副店長が悪い〟って言ってやったら、〝ちょっと言いすぎた〟って言ってたし、店長にもアイツが悪いって言っておいたから。明日来たら俺がうまくやるから、だから絶対に来てよ」

「そんなにアイツって言うと口にでちゃうよ」

「ちゃんと聞いてくれよ。姐さん辞めたら野上さんだって悲しむよ。とにかく俺がなんとかするから、絶対に明日来て」

「だからもういいんだって」

「来るって言うまで電話切らないから。もし電話切ったら姐さん家に行くから」

「じゃ来れば」

「え?」

「来ればいいじゃん」

強がりで言ってしまった。胸がドキドキする。リョウタの吐息が聞こえた。

「行くよ」

少し間が空いてから言われ、そっと切った。

〈住所教えて〉

リョウタからLINEがきた。ふたつ深呼吸をしてから住所だけ送信した。

あわてて部屋を片付けて空気を入れ替える。ドライシートのフローリングモップをかけ、リキテンスタインの画のわずかな傾きを直しながら、何を考えてるんだ私はとため息をついた。来るなと念じながら、来てほしい気持ちが勝っていた。

ピンポーン。わざと遅れてインターホンの通話ボタンを押すと、モニターにリョウタが映っていた。

「リョウタですけど」

「来たんだ」

「来ればって言ってたし」

白黒に映るリョウタの後ろを車が走り去る。少し緊張した顔だ。有希の顔も強ばっている。有希がドアロックを解除した。

「ハロー」

笑顔で迎えたがリョウタの顔は強ばったままだ。

「どうしたのそんな顔して」

「姐さん、辞めちゃダメだよ。絶対辞めちゃダメだからね」

「近所迷惑だから中入ってよ」

辺りを窺いながらリョウタを部屋に入れた。

「辞めたら怒るよ。あんなことで辞めたら損じゃん」

「そんな所に立ってないで靴脱ぎなよ」

「あんなやつ、ギャフンと言わせてやればいいんだよ」

「だから入んなって。コーヒー淹《い》れるから。ミルクありだったよね」

リョウタは玄関から動こうとしない。うっすらと『花水木』の匂《にお》いがした。ケトルが湯気を立てマグカップをふたつ用意した。

「ごめん、ミルク切れてる」

「明日来るよね？」

「だから中で話そうよ」

「来いよ。来なきゃ嫌いになるからな。ぜったいぜったい来いよ」

そう吐き捨ててリョウタは帰っていった。

リョウタの足音を聞きながら取り残された気分になる。何かを期待していた自分が惨めに思えた。

空気を読まないケトルが能天気な音を立てて湯気を吹き上げていた。

12

翌日は出勤せず、二日後に野上と会った。野上は引き留めようとしたが有希は応じなかった。

野上は辞めることを承諾し、別の話をはじめた。

「私は二号店を出店できなくなったことを後悔していません。むしろサッパリした気持ちです」

笑顔で話す野上に相槌を打って先を促した。

「前にもお話ししましたが、『花水木』はサラリーマンだった私が、震災で失《な》くした父の店のラーメンを再現させるためにはじめた店です。それを売り上げが良くなったからと言って、父の店を復活させてもいないのに二号店なんて図々しい話ですよね。管理業者の不手際もあり出店を見送ったことは、結果的に良かったと思っています。ただ、それにともない六人のアルバイトを辞めさせたことを、本当に申し訳なく思っています」

「彼らは望んで辞めたのだからそんなふうに思わなくていいと思います」

「いや、そういう状況を招いたのは私のせいですから。副店長にも多大なストレスをかけてしまったし、門阪さんにも謝らなければなりません」

「いえ、そんな」

「二号店をつくるからと言って、店をスタッフに任せきりにしたことがいけなかったんです。ひとつの店も把握できずに、二号店を出すなんて身のほど知らずですよね。経営者として才量のなさを思い知りました」

「店長はすばらしい人ですよ。尊敬しています」

「そう言ってもらえると救われます。門阪さんは、これからどうされるんですか？」

「しばらく実家に帰ってゆっくり考えようと思っています」

「もうラーメン店を出されるということは考えていないんですか？」

「それも含めてゆっくりと」

有希が野上から目を逸らす。実家に帰るつもりはなく、この二日間も不動産屋に通い、具体的な説明を聞いた。

「できれば『花水木』に戻っていただけませんか」

「お気持ちは嬉《うれ》しいんですが、もう決めたことなので」

うつむいたまま、嘘《うそ》を言った。

「わかりました」

「すみません」

「門阪さん」

目を見て、というような野上の声に、そっと顔を持ち上げた。

「何かあれば力になりますからね」

柔らかな目で見つめられ、また有希はうつむいた。


連日自由が丘の不動産屋に通い、ずっと悩んでいた居抜き物件に契約することを決めた。別の不動産屋にも足を運び、ネットでも情報を集めたが、それ以上の優良物件は見つからなかった。居抜き物件によるリスクも調べ上げたが、この物件に該当するとは思えなかった。

立地条件もよく、なぜ半年以上も契約が決まらなかったのかと不安になったが、老人によれば、仮契約は数回あり、どれもが水回りの位置変更などに経費が嵩《かさ》むということで断念したのだとか。

一年前まで営業していたインドカレー店の前にはラーメン店が入っていて、それまでの水回りや空調などをすべて新調し、床も剝《は》がしてクリーニングをしたそうだ。そのラーメン店は四年間営業してなかなかの人気店だったと聞いた。

ラーメン店のオーナーは二号店を出す気がなく、かといって手狭になった店舗では営業が困難になり、別の場所に移ったらしい。その店の名前は有希も知っている、雑誌にも取り上げられたことがある人気店だ。

どうして今まで教えてくれなかったのかと聞くと、「良い情報ばかり提供するのではなく、もっと慎重に考えてほしかったから」と老人が答えた。どこまでも商売っ気のない人だ。

「本当によろしいですか」

何度も念を押す老人に、「借りるのは私なんですけど」と冗談まじりに言った。

「飲食店は大変ですよ。息子のこともありましたし」

「前にお聞きしました」

「そうでしたね。歳《とし》をとると何度も同じことばかり話してしまって。でもね、医者が言うには同じことを言うのは大切なことだけらしいですよ」

笑顔で返したが、契約書に判を捺《お》す手が震えた。

老人は、「特別に」と前置きをして、わずかな手付け金を入れるだけで入居までに三ヶ月間の猶予をくれた。その間にスタッフを見つけて、しっかり準備しなさいという親心のようなものだった。

契約書を取り交わしたら背筋が伸びた。店の名前はまだ決めていない。メニューもまだだ。このことは母親にもヨナにも、リョウタや太一、吉乃や亜紀にも報せていない。

正直、無謀な自分にビビっている。後戻りはできない。私がやることは、おいしいラーメンを出すことだけだ。コンセプトはずっと温めてきた。


物件を契約した夜、ヨナと会った。ヨナは何かと勘ぐっていて、何を報告されるのかと思っていたらしいが、さすがに店を出すと言ったら驚いていた。すぐさま反論されると思ったら、「そんなに遠くない日に言われると思った」とさらりと言われ、その話ばかりじゃ食事がまずくなるから、ドルチェまでは話題を変えようということになった。

しばらく会わない間にヨナには彼ができたが、その男は他にも彼女がいたそうだ。ある日、男のマンションで待ち伏せをして、女と一緒に出てきた男の頰《ほお》を引っ叩《ぱた》いてやったのだとか。興奮して声が大きくなり、周りから白い目をされた。

その話の方がごはんがまずくなるんじゃないのとは言えない。ヨナは冗談が通じないところがある。

「じゃあ、スタッフ募集を手伝えばいいんだね」

「うん。私もいろいろ声かけてみるけど、力になってよ」

「女子オンリーでしょ。手強いよ、オンナは。表面だけの子も多いし」

「そういうところは私なんかよりヨナの方がちゃんとした目持ってるし尊敬されてるから間違いないと思うの」

「珍しく今日は褒《ほ》めるね」

「いつも思ってることだよ」

「ウチもラーメン店出しているんだから内緒にしてよ」

「例の守秘義務ね」

「だけど自由が丘なんて勝負かけたよね」

「あの街が私を呼んでるような気がするの」

「はいはい、ということで今日は有希の奢《おご》りね。契約祝い！」

「そのつもりでございます」

赤くなった顔を見合わせ、カプチーノで乾杯した。

「後戻りできないこと、わかってるよね」

最後にヨナらしい、厳しい言葉をくれた。

「わかってる」

「じゃ頑張ろう。応援するよ」

以前に行った合羽橋の調理具店で、大小の寸胴《ずんどう》を四つ、中華鍋《なべ》、アルミ鍋、レードルとバット各種、てぼなどを揃《そろ》えた。店主は有希のことを覚えていて、「お姉さん、頑張りなよ」といくつか調理具をおまけしてくれた。

ピカピカに磨いたガスコンロに寸胴鍋を置いただけでそれらしい雰囲気になる。ゆで麺機は麺づくり学校の紹介で購入し、開店祝いには手伝いに来てくれると言うからありがたい。卒業してからが本当のお付き合いというのは嘘ではないようだ。

内装は短大時代の友人のご主人に仕上げてもらった。工務店を経営されていて、話題のカフェを何店も手掛けたイケメンだ。最近のＤＩＹ流行《はや》りでワークショップも開いているらしく、業者から無料で分けてもらったという廃材を使ってお洒落《しゃれ》な壁に仕上げてくれた。

施工費は申し訳ないような低価格で、開店したらラーメン十杯無料進呈すると言ったら、「チャーシュートッピングで」とアロハポーズを返された。持つべきものは友人のダンナである。

ＩＴ系男子に痛い目に遭《あ》ったからだろうか、近頃《ちかごろ》はワイルド系男子に魅力を感じている。これをきっかけに仕事仲間のガテン系イケメンを紹介してくれないだろうか。

この物件に決めた理由のひとつがカウンターの高さだった。ラーメン店は低いカウンターが多く、椅子《いす》に座ると足が余り、ガニ股《また》に開いて隣の客に足がぶつかることが少なくない。低いカウンターで背中を丸め、肘《ひじ》をついて丼に顔を近づける客の後ろ姿が有希は嫌いだった。この物件はカウンター位置が高く、椅子で調整すれば客が背中を丸めることも床に足を着くこともない。ハイチェアーに近いカフェっぽいスタイルで食べてもらえそうだ。食べる客の後ろ姿にこだわるあたりが女子なのだ。

「すごく素敵になったやん。開店が待ち遠しいわぁ」

冷やかしにやってきた吉乃と亜紀が、店内をまじまじと眺める。有希が引き合わせたふたりは互いの店を行き交う仲になった。ついこの前も、吉乃の妹こずえを含めて四人で食事をしたばかり。『自由が丘ビューティフルカルテット』というコミックバンド名みたいなユニットを結成して、自由が丘の魅力を女性目線で伝えようと使命に燃える仲間である。活動内容は定期的に自由が丘で食事会を開くことのみ。揃いも揃ってメカ音痴なようで、ＳＮＳにアップするにも苦労するアナログ仲間を、略して『ＪＢＱ』と呼ぶことにした。

「開店当日はＪＢＱで手伝おう！」顔を赤く染めた吉乃が言い出すと、「ウチのお店どうするのよ」と、しっかり者のこずえに釘《くぎ》を刺された。

「有希のお陰でこの街を大好きになれたんやからそれぐらいしないとあかんやろ」

酔っぱらった吉乃の言葉が心に残っている。京都と名古屋と岐阜、知らない街で逞《たくま》しく生きる女たちの結束は固いのだ。

「すごくステキな九谷焼《くたにやき》の花瓶があるんやけど、プレゼントするからカウンターに置かへん？」

「せっかくだけど狭くなるからいいわ」

吉乃は遠慮なく言える友人である。

ヨナの支援もあってスタッフはみるみる集まった。女子だけが登録できるウェブサイトにうまく求人を潜《もぐ》り込ませてくれたのだ。店名も決まっていないのにどうして人が集められるのかと聞いたら、例によって企業秘密と言われた。

　ネットの世界にはさまざまなからくりがあるようで、有希には理解できないことばかり。ヨナに言わせれば、「あんたがITの世界に精通していたらともだちになってなかった」らしい。

　同じIT企業に勤務していながら、そう言われるのを喜んでいいのだろうかと、今さら思う。ともあれ、いざというときにはこうして助けてくれるヨナを心強く思っている。仕事も完璧《かんぺき》なヨナは、今回の人事異動で部長職のシニアマネージャーになった。

「萩原なんかより、ヨナが社長になればいいじゃん」

「このぐらいのポジションが居心地が良いのよ」と、またしても大人の発言をされた。

「まだ内示だから他言無用で！」

「了解、守秘義務ね」

「よくできました」

　あなたは私の親友兼外部取締役だからね。本当は声に出して言いたかった。


　通りすがりの不動産屋でたまたま目にした物件。配線が剝《む》き出しになった寒々しいコンクリート打ちっぱなしの空間に暖かい色がついていく。鉛筆で描いた下絵に絵の具で彩色するようだ。

　入り口の脇《わき》には小さな花壇ができ、主役を待つ土が夕陽《ゆうひ》をうけて赤く輝いている。通りを行き交う人の誰もが希望に満ちているように見えた。

『花水木』を辞めてから三ヶ月。暑くて長い夏がようやく過ぎた九月の終わりに、有希の店はオープンした。『らーめんｓｈｉｚｕｋｕ』という店名は、〝最後の一滴までスープを味わってもらいたい〟という、野上の思いを受けてつけた。

13

『らーめんｓｈｉｚｕｋｕ』は出だしから好調だった。メニューをしょうゆラーメンと塩ラーメンだけにしぼり、サイドメニューを持たなかったことが良かったのだろうか。回転率が上がり、外には行列ができた。なにより鶏がらと煮干しでとったスープに焦がしネギが美味《おい》しいと評判になったことが嬉しかった。これは母親直伝の隠し味なのだ。女性客を意識し、女性スタッフだけにして内装をカフェ調にしたことも正解だった。

カウンター席だけの店にしたのはコスト面だけの問題ではない。テーブル席のある広い店舗ではほぼ満席でないと賑《にぎ》わっているように見えないが、十席程度であれば常に客が入っているように見えるのだ。動線も単純で動きやすくスタッフが働きやすいようにしたかった。

〈じっくり味わいながら、ゆっくり食べてください〉と書いた貼り紙には意味がある。回転率を上げることばかりに捉《とら》われて急《せ》かされるような雰囲気の店では、客に早く食べなければいけないというプレッシャーを与えるからだ。

それは女性をターゲットにする店のコンセプトと矛盾する。なりよりも食べている客を優先したかった。満席時にも、カウンター席だけだとそれほど時間がかからずに入れるという安心感を与え、待ち時間がおいしくラーメンを食べていただくための準備となる。これは有希がラーメン店を食べ歩き、足で稼いだ情報だ。

開店日に手伝ってくれると言ってくれた麺づくり学校には、無理を言って女性スタッフをお願いし、「一週間泊まりで手伝いに行く」と張り切っていた母は年齢制限のため断った。

開店祝いにいただいた贈花を花壇に植え、軒先は小さな花畑のようになった。岐阜ではあっという間に祝い花を持って行かれてしまうのに、やはり自由が丘は品がある。このことを母に伝えたら、「やっぱり都会はちがうねぇ」と感心していた。

『花水木』からは九月の花、ピンク色のダリアが、『COMnel』からは萩原の名入りで鉢植えの胡蝶蘭《こちょうらん》が届けられた。萩原はともかく、野上やリョウタに連絡していないことにハッとする。この三ヶ月間、開店準備に奔走していたんだからしょうがないと自分に言い訳をして、お礼状を書くことにした。

営業時間は十一時から十八時半まで。それでも仕込みと後片付けを入れたら半日は店に居ることになる。夜営業はしばらく様子を見ながら考えることにした。

商店街にはラーメン店が数店あるが、個性と味が違えば客を取り合うことはないと思っている。ラーメン店＝深夜までという定義から外れた『らーめんｓｈｉｚｕｋｕ』を選んでくれる客はきっといるはずだ。そのためにも味にはとことんこだわり、『花水木』で習ったスープづくりや、生ものの食品を提供する際に気をつける事をスタッフに浸透させた。

『らーめんｓｈｉｚｕｋｕ』は女性客のＳＮＳの書き込みに端を発し、〈女子スタッフが働く、女子が入りやすいラーメン店〉というふれこみで雑誌やワイドショーにも取り上げられ、開店から二ヶ月後には常に行列のできる店となり閉店時間前に品切れになることも少なくなかった。

クリスマス時期に開催した、〝ウー麺'ｓ　Ｘｍａｓ〟と題された女子限定のラーメンイベントがインスタにアップされると、たちまちフォロワーが増え、吉乃や亜紀たちと『ＪＢＱ』の公式サイトをつくった。『らーめんｓｈｉｚｕｋｕ』『ひとてまや』『ぐるる』の三店を『自由が丘女子力向上飲食店』としてメンバー店を募ると、多数の店が参加を希望し、街全体に女子メシブームが起こった。

シャープなアイデアを出し、すらすらとサイトをつくってしまうこずえがウェブコンテンツの制作会社に勤務していたことは、ついこの前知らされた。ＳＮＳ音痴はフェイクだったのだ。吉乃の前職は食品会社勤務、亜紀は小学校で教師をしていた。

知り合って半年も経《た》つのに、誰がどんな仕事をしていたのか知らなかったということが、むしろ気持ちいい。なんでも知りたがる女特有のいやらしさが『ＪＢＱ』のメンバーにはないのだ。街では有名になりつつある四人組だが、『ＪＢＱ』というユニット名をそのまま伝えるには図々しいとなり、『自由が丘女子メシ向上委員会』に改名した。

開店初日、最初にラーメンを出した客の顔を有希は覚えている。スーツを着た四十代ぐらいの男性が、匂いを嗅《か》いでからスープを啜《すす》ったときに目が合った。「おいしいね」と言われ、時間が止まったようだった。それまでのものとは違う、自分の店で得た感慨に胸がいっぱいになった。

その日はたくさんの知り合いが来てくれ、翌日の最初の客は不動産屋の親子だった。ひとりひとりの客を記憶しようとすると次の客が来て、いつのまにか忙殺されて客の顔が同じに見えてくる。幸せの余韻に浸っている暇などなく、そう思えることが幸せなのだと実感した。

ラーメン店勤務経験のあるスタッフが、「初めてやりがいのある店で働けました」と顔を崩した。スタッフのどの顔を見ても天使に見える。私もそう見えるだろうかと誰かに聞きたかった。充実とは、細やかな幸せの積み重ねを言うのだろう。

目の前の光景が信じられないときもあるが、もうビギナーズラックという言葉は当てはまらないだろう。


ところが状況は急転する。SNSのサイトで『ラーメンアイドルランキング』が発表され、『らーめんｓｈｉｚｕｋｕ』のスタッフふたりがランクインしたのだ。これによりスタッフ目当ての男性客が急増し女性客が激減した。男性客のほとんどがアイドル好きのオタクたちで、味ではなく女性スタッフが注目されるようになってしまったのだ。SNSが過熱したことで店内は日々、撮影会のようになり、スタッフ間にライバル意識が生まれて、ぎこちない関係になる者もいた。

SNSにプロフィールが掲載されたスタッフがプライバシーの侵害を訴え、放置できない状態になった。『自由が丘女子メシ向上委員会』のサイトと店の公式ツイッターで、SNSへの投稿やプロフィール掲載の中止を求めると、そこに批判が集中した。

〈調子に乗るな〉〈女で持ってる店のクセに生意気だ〉〈コスプレラーメン屋だろ?〉〈キャバクラーメンじゃなかったの?〉〈最初から女子目当てだったんですけどー〉〈ラーメンおいしくないんだからソレないでしょ〉……心ない書き込みに胸が痛んだ。就労意欲を欠き、冷めた言葉を吐いて辞めていったスタッフもいた。

そんな頃《ころ》、『ＣＯＭｎｅｌ』の玉木が部下を連れてやってきた。

「すごいじゃん、頑張ってるねぇ」

相変わらず馴《な》れ馴れしい口調で店内を舐《な》めるように見渡している。

「噂《うわさ》には聞いてたけど、いい店じゃん」

「ありがとうございます」

「社長も褒めてたよ。門阪さんはやるときはやる子だって」

会釈をしてから有希が注文を促した。

「塩としょうゆ、どちらになさいますか？」

「しょうゆしょうゆ、忘れたの？『花水木』で頼んだでしょ。忘れちゃだめだよ、一度来た客の注文は。ラーメン店の基本だよ」

つくり笑顔で「すみません」と言って麺を茹でる。スタッフが変なものでも見るような目をしていた。

「今日はあまり混んでないなぁ。たまたま入れたのかな。だとしたらラッキーだよな。ネットでも有名な人気店だぞ。ランクインしたスタッフがふたりもいるの知ってる？」

部下が気まずそうな顔をして困っていた。

「ウチの自由が丘店も大繁盛で、お陰さまで三店舗とも超優良店みたいなんだよね。今度一緒にイベントとかできたらいいね。同じ鶏がら系だし、自由が丘のラーメンを盛り上げようよ」

「ウチはこんな小さな店ですから、毎日が精一杯ですのでなかなか」

「門阪さんらしくないなぁ、こんなオシャレなお店はじめちゃうぐらいだからチャレンジしなきゃ。なんか企画考えてよ。いつでも力になるから。そうそう、君がやってる女子メシ懇談会みたいなやつ」

「向上委員会です」

「それそれ！」

苦手な客はいるが、嫌いな客は稀《まれ》だ。玉木はまぎれもなく大嫌いな客であり人間だ。

玉木はラーメンの感想を言うわけでもなく、「いやぁー食ったー」と腹をさすりながら爪楊枝《つまようじ》を口にした。十三年前に初めて会ったときにはこんな男じゃなかったのに、上場会社の副社長という肩書きはこんなにも人を変えてしまうのか。それもすべては萩原の恩恵によるもので、玉木は単なる萩原の同級生にすぎない。情報漏えい事件を起こしてもクビにならなかったのは、プライドの欠《かけ》片《ら》もない萩原へのしがみつきによるものだ。嘆かわしい男だが、それでも副社長になるあたりがこの男の悪運の強さだ。

「そういえば門阪さん、ウチの新橋店に一回も行かなかったでしょう。せっかくスタッフに言っておいたのに悲しいなぁ。自由が丘店のスタッフにも言っておくから、今度は絶対に行ってよ」

「ありがとうございます」

「そうそう、人気ランキングだけど、あれ『人気番付』にしたら？　その方が盛り上がりそうじゃない？　相撲《すもう》っぽくて」

痺《しび》れを切らしたスタッフが、険しい顔で「ありがとうございましたー」と大声で言うと、「そろそろ帰りましょう」と部下が席を立った。

「また来るね。本社にも遊びに来てよ」

指切りをせがまれたので拒否した。

「今度は萩原と来るよ。そうだ、副社長の根元もつれて、『ＣＯＭｎｅｌ』創業メンバー大集合っていうのもいいね」

「副社長、行きますよ」

再三、部下に催促され、仕方ないなという表情をつくってようやく玉木が店を出て行った。スタッフと顔を見合わせたら一気に疲れがでた。

まるで玉木が疫病神だったかのように、『らーめんｓｈｉｚｕｋｕ』の人気は衰退する。あろうことかスタッフのＳＮＳへの投稿がきっかけだった。ＳＮＳの人気投票で上位にランクインしたスタッフが、もうひとりのスタッフの悪口を書き並べたのだ。標的となったスタッフも対抗して悪口を投稿し、このやりとりをおもしろがるようにＳＮＳがざわついた。

こうなると味は二の次、炎上中の店に野次馬気分で来る男性客が増え、メインターゲットだった女性客はほとんど来なくなった。

ふたりの空気はささくれ、スタッフからは笑顔が消えてオープニングメンバーの半数以上が辞めていった。それでもなんとか売り上げをキープしていたが、ＳＮＳでの盛り上がりがなくなるとふたたび店が繁盛することはなくなった。

手のひらを返したように暇になった店に、有希は自分のやってきたことへの疑問を感じはじめた。はたして自分は、味にこだわりちゃんとしたサービスを提供してきたのだろうか、それとも話題を提供してきただけだろうか。疑念を振り払い、信念を持ってやってきたと胸に言い聞かせても、空席が目立ちはじめた光景に心が押し潰《つぶ》されそうになる。

それでも有希は奮起し、スタッフを削減してわずか三人で二ヶ月間店を回した。人件費を切り詰めることで売り上げの減少をなんとか抑えてきたが、ついに過労がたたり倒れてしまった。

見たこともない天井が目に映り飛び起きる。そこが病室であることはすぐにわかった。急に心臓が烈《はげ》しく鳴りだして目まいがした。座ったままでも立ちくらみというのだろうかと、どうでもいいことを思った。

「あれ、起きたんかね」

拍子抜けするような母親、玉枝の言葉に、有希が「なんでおるの」と尋ねた。

「あんたは、私の顔見ると岐阜弁に戻るんやね。器用な子やわ」

「なんでおるのって聞いとるの」

「店の子から電話があったの。あんたが倒れて病院へ運ばれたって言われたもんでびっくりして飛んで来たんやよ」

「うそ？」

「誰がうそ言うの。電話もらったのが七時やったでまんだ間に合うと思って新幹線に乗ったんやよ。なんべんも店の子が病院はどこで病室は何号室でって、今、点滴打って寝とるってことまでＬＩＮＥで教えてくれたんやよ。ええ子ばっかりやねぇ」

「そうやったんや」

「店はスタッフの子んたが後片づけしてくれたみたいやで、あんたは寝とりゃぁ」

玉枝の方言に気が抜けてしまった。忙しさにかまけて実家に帰らず、しばらくぶりにこんなところで会うなんて、私はなんて親不孝だ。枕元《まくらもと》にある着替えは実家から持ってきたのだろう。スヌーピーのパジャマっていつの頃《ころ》のだ。心配してくれるのはわかるが、どこか嬉しそうな玉枝にせつなくなった。

「先生が言うには、ただの過労やと。あんまり無理したらあかんよ」

「でも明日もあるで早よ戻らないかん」

「明日から三日間、臨時休業の貼り紙してもらうように頼んどいたで、ちゃんと治しんさい」

「なんでそんな余計なことするの」

「なにが余計やの」

「余計やから余計やって言っとるの。そのうえ勝手や」

「過労死したらどうするの」

「これぐらいで死なんわ」

「死んだらどうするのって聞いとるの」

「死んだことないでわからん」

「あんたが死んだら私はどうするの」

気持ちが高ぶった玉枝が涙を滲《にじ》ませ瞬《まばた》きをこらえている。玉枝を見ないように有希が目を逸らした。

「ずっと我慢しとったでトイレ行ってくるわ」

玉枝の後ろ姿を目で追いかけたら、また目まいがした。

記憶を辿《たど》ることができずスタッフにＬＩＮＥすると、スープを温めながらしゃがみ込んでそのまま卒倒したと聞かされた。救急法の心得があるスタッフが対処したが、横になるスペースもなく救急車を呼んだそうだ。店が野次馬や商店主らに囲まれて騒動になったことも知らされた。

〈お客さんはいたの?〉

〈いませんでした〉

〈迷惑かけてごめんなさいね〉

客がいなかったことに安堵《あんど》と落胆が重なる。左腕のチューブを見たら力が抜けた。

「さてと、私はもう寝るよ」

化粧を落としヘアバンドをした玉枝がベッドの下から補助用のベッドを引き出した。

「あんたと一緒に寝るのいつぶりやろ?」

「一年ぶりぐらいやない」

「一年も帰って来んかったんかね、親不孝やね」

言われなくてもわかっている。ましてこんな所に来させてしまって。

「段差があって喋《しゃべ》りにくいで、もう寝るね」

そう言うとすぐさま玉枝は寝息を立てた。トイレに行くと疲れ切った自分が鏡に映っていた。

廊下に響くスリッパの音が有希を弱気にする。

翌朝には退院し、店に立ち寄ると臨時休業の貼り紙がしてあった。向かいの花屋さんが心配そうに声を掛け、玉枝と一緒に深々と頭を下げた。朝を待っていたかのように吉乃や亜紀からＬＩＮＥが入り、〈心配ないよ〉と返信した。

部屋に戻るとベランダに放置されたままの洗濯物が湿っていた。閉め切ったままの部屋は匂いが籠《こも》っていて、テーブルの花が花びらをふたつ落としていた。たった一日放置するだけでこうなっちゃうんだと、三日間店を閉めることに不安を重ねた。

「掃除機はどこにあるの」

　玉枝がすべての窓を全開にして掃除をしはじめる。

「朝早いうちに外の空気を入れると部屋が生まれ変わるんやって雑誌に書いたった。風を通すと邪気が出ていくんやと」

「邪気なんかないよ」

「よう言うね、昨日病院へ運ばれたくせに」

「そうやったね」

「今日からしばらくおったるで、まずはちゃんと身体を休めやぁ」

「おったるでって、いつまで？」

「一週間でも十日でも。会社に連絡したで心配いらんよ」

「会社に迷惑かけるで帰ってよ」

「部長さんが有給がたまっとるでそれ使やぁって言ってくれたの。ええ人ばっかやよ、うちの会社の人は。通帳と印鑑も持ってきたで安心しんさい」

「その方が心配やわ」

「十日も離れるんやで持っとらな不安やろ」

「ウチに置いとかんといてよ」

「腹巻きに入れとかないかんね。ふふふ」

　その日は、玉枝に監禁されて一日中寝させられた。横になりながらキッチンに立つ玉枝を懐かしく見つめる。匂いですぐに肉じゃがだとわかった。テーブルには切り干し大根とほうれん草のおひたし、しじみとあおさの味噌汁《みそしる》も並んだ。裕福な暮らしではなかったけれど、玉枝はいつもおいしい料理をつくってくれた。父親のことを憎んだが、玉枝との暮らしを不幸に思ったことはない。

「貧血に効く鉄分の多いものばっかりやよ」

「お母さんのつくった給食を食べれる生徒はしあわせやね」

「みんな残さずにちゃんと食べてくれとる」

「でもこんなに食べれんて」

「誰が一気に食べるの。タッパに入れとけばいいでしょ。でも赤みそがあって助かったわ。あんたも食べとるんやね。白みそはどうも口に合わん」

翌日は玉枝と相談して外出をした。もっとも玉枝ははなからそのつもりだったらしく、東京満喫コースを計画していた。病みあがりだから、なんて言葉は通用しない。昼前から出掛けて六本木ヒルズとミッドタウンに行き、贅沢《ぜいたく》なランチもほおばった。スカイツリーにも行きたいと言い出したので、明日ひとりで行って来てと断った。

「明日は店の準備しないかんで、今日しかないやろ?」

有希の行動予定を玉枝はわかっていた。

見る見る元気になった有希に、「やっぱり私が来てやったからやね」と玉枝が自賛する。

恩着せがましく言われなくてもわかっている。なによりこの二日間、有希は店のことをほとんど考えていない。自分が不死身ではないことも知ったし、臨時休業の貼り紙をされてしまったことに諦《あきら》めをつけていたのだ。それはネガティブなものではなく、気持ちを切り替えるために必要なもの。玉枝の言う、空気を入れ換えるようなものだ。玉枝がいなければ、今日も無理をして店に立っていただろう。

その夜、玉枝に「お店手伝ってあげようか」と言われ、「うん」と答えた。玉枝は「東京見物しとれんね」と嬉しそうにボールペンとメモ帳を取り出し、仕事内容を聞いてきた。有希から手伝ってよと言えば玉枝はもっと喜んだだろう。


玉枝が手伝ってくれるおかげでスタッフは四人になり、有希の負担は軽減された。玉枝の仕事はおもに食器洗いだが、それでも貴重な戦力だ。客足はいっときほど冷え込んではいないが、ランチタイムになっても満席になることはなく、スタッフの方が多い時間も少なくなかった。

ピークの時間帯がない一日を終えて、スタッフ全員でまかないをとる。ラーメンにしたのは、玉枝に食べてもらいたかったからだ。

「おいしい、いい味やね」

そう言われて、ほっとした。ケチをつけられたら本気で怒っていただろう。

「塩っぱすぎないし出汁《だし》もちゃんと出とる。焦がしネギが効いとるねぇ」

そう言って、玉枝がスタッフのしょうゆラーメンを味見していた。

「こっちの方が好きやわ。甘味があっておいしいで」

玉枝がチャーシューと煮卵にも合格点をつける。

「これなら胃にもたれんわ」

「そうなんですよ」スタッフが嬉しそうに言った。

「あんたは知らんと思うけど、昔飲食店で働いとったことがあってね。ちょうどこのぐらいの店やったわ。厳しい店長さんやったけど、いろんなことを教わったの」

「えー、聞かせてください」

興味深そうに聞くスタッフに玉枝が得意げに言う。

「お店の味は磨くもんやってね。毎日、ちょっとずつつくり変えながら、昨日よりも今日、今日よりも明日って納得した味にしていくことを、味を磨くって言うんやと。うなぎのつけダレがそうや。百年ずっと変わらん秘伝の味っていうけど、あれは毎日少しずつタレを足して、混ざることで味が磨かれてくの。百年前と食べ比べたら、ほんとは全然味が違っとるんやよ。そんなこと言ったら元も子もないけどね」

スタッフが、へぇという顔で聞き入っている。笑い話でまとめた玉枝がまた話しはじめる。

「これも大切なことやで聞いといてね。ひとりのお客さんにする挨拶《あいさつ》は、ほかのお客さんにも聞こえるの。〝ありがとうございます〟って笑顔で言うことは、ほかのお客さんへのアピールにもなるの。そう考えて言いなさいってことやないよ。いつも心から御礼を言えば、来てくださったお客さんみんなが気持ちよくなるってことなの。商売人だけやなくて、世の中ぜんぶに言えることやね」

当たり前のことを忘れていた気がした。SNS騒動に翻弄《ほんろう》され、客のひとりひとりに心から声を掛けられていただろうか。客の入り状況ばかり気になって、挨拶を疎《おろそ》かにしていなかっただろうか。スープやタレ、トッピングのわずかな味の変化を見落としていなかっただろうか。スープはぬるくなっていなかっただろうか。丼はきれいに洗えていただろうか。

決して気を抜いていたわけではないが、売り上げや様変わりした客に気を取られすぎていた気がしてならない。得意げな玉枝の話は、図らずも有希に反省を促す説法となった。

気を良くした玉枝が、スタッフを連れてどこかに行った。ひとり残った有希は、スープやタレの味を入念に確認してから食器を洗った。

玉枝が手伝ってくれた一週間、『らーめんｓｈｉｚｕｋｕ』に行列ができることはなく、せいぜいランチタイムに満席になる程度だった。

雨が降った二日間は客足が鈍り、結露した窓ガラスを恨めしそうに眺めた。一度ぐらい行列を、できればシャッターポールの客を見せたかったが、叶《かな》わないまま玉枝はスタッフとしての任務を終えた。

最後の夜は、吉乃の店で食事をした。話し好きの玉枝に合わせる吉乃に、こずえが苛立《いらだ》っていたのがわかる。痺れを切らしたこずえが吉乃のエプロンを引っぱって厨房《ちゆうぼう》へ連行した。

「あんたの店とちがってよう流行っとるね」

「うるさい」

「あんたにも姉妹つくってやれば良かったね。男兄弟でもいいけど、女姉妹は大人になってからええよ。言いたいこと言えて、お互いに図々しくなれてええの」

「それよりお父さんがおらんくなったことが嫌やった」

「あんな人は出てってよかったの。おったらろくなことになっとらん」

「今はなんとも思わんけど、中学んときはさみしかった」

「あんたには悪いことしたと思っとるよ。その分頑張ったんやけど、足りなんだ？」

「ううん、そんなことないよ。今回も来てくれたし」

「なにぃ、珍しい。何にも出ぇへんよ」

話が聞こえたのだろうか、吉乃が笑いながら料理を運んできた。

「何にも出ぇへんことないですよ。はい、冬瓜のそぼろあんかけとにしんと茄子の煮物。これいつも有希が注文するんですよ。お母さんも大好物だから出してあげてって」

「わぁ」

玉枝が少女のように胸で手を結んだ。

「吉乃さん、この子はちょっといい加減なとこがありますけど、これからも仲良くしたってくださいね」

「こちらこそ仲良くしていただいてます」

つられて厨房のこずえもお辞儀をした。

「わぁ、とろっとろ」

そう言ってほくほくする玉枝は、姉妹でもいいと思う。どちらかといえば妹かな、なんて思いながら。

部屋に帰ってからは玉枝の好きな白ワインで労《ねぎら》った。銘柄はなんでもいい。つまみは決まってスモークチーズとクラッカーだ。

とうに忘れていた昔話をいくつも聞かされ、二本目のワインを開けた。有希が生まれる前に玉枝が流産したと聞かされたときには驚きを隠せなかったが、「あんたが無事に生まれたときには涙がでた」と涙ぐまれ、もらい泣きしそうになった。生きていれば二歳歳上《としうえ》の姉らしい。家には仏壇がなかったので有希が知る機会はなく、玉枝も話す機会をもたなかったのだろう。

「ほかに隠しごとはないの」

「人聞きの悪いこと言いなさんな」

「お姉ちゃんがいたことも初めて聞いたし」

「早く流れてまったで、子どもっていう実感はなかったけど、可哀《かわい》そうなことをしたもんや」

「小さいときに聞かされるよりよかったかも。絶対に落ち込んだと思う」

「もうひとつだけ内緒の話があるんやけどね」

「ほらあるやん」

「隠しごとやないよ、ナイショ話。聞きたい？」

「そこまで言っといてなにぃ。教えてよ」

「うーん、そうやねぇ、やっぱりやめとくわ。眠とうなってきた」

もったいをつけて玉枝が歯ブラシを取りに行く。洗面所から口をゆすぐ音がした。

「お母さんもベッドで寝よかな」

「ほんなら私、下で寝るわ」

「ううん、あんたも一緒」

「嫌や、恥ずかしい」

「たまにはええやない。ウチのベッドは狭いで寝れんけど、ここのは大きいで」

ほれ、といって、玉枝が布団をまくり上げる。

恥ずかしくて、「いろいろ片してから」とキッチンに立った。

病院の夜と同じように玉枝はすぐさま寝息を立てた。手を上げて布団をまくったままの姿勢が可《お》笑《か》しい。

　そっとベッドにもぐり込むと玉枝が反対側に寝返りをうった。布団を持っていかれたので身体を寄せたら背中が温かかった。

「有希」

「なに、起きとったの」

「さっきの話やけどね。ナイショ話。お母さん、お付き合いした人がおったの」

「えー初耳、いつ?」

「お父さんが出てってから一年ほど経った頃。あんたが高校生になったばっかやったでよう言わんかった」

「そうなんや」

「結婚してほしいって言われたけど、ようしなんだ。結婚したらショックやったやろ?」

「どうやろ、高校んときやったらそう思ったかもしれんね」

「それが最後の恋やったね。それからも好きな人はできたけど、あんた育てなあかんし、そういう気持ちにはならんかった」

「なに、人のせいにして。今から頑張ればいいやん」

「たわけたこと言うんやないの。あんたはどうなの、いい人はおるの?」

「ううん、今はおらん。忙しいし」

「こういうことはご縁やでね。あわてんでええから、ゆっくりええ人探しんさい」

「早く孫見せろって言うと思った」

「そんなに早くおばあちゃんになりたないでね」

車が通るたびに天井を光りが走っていく。チッチッと聞こえる掛け時計の音が有希を心細くした。

「お母さん、店、ダメかもしれん」

「好きにしんさい。なんやったら岐阜に戻ってきたらいい」

玉枝の背中で洟を啜った。子どものときみたいに抱きついたら、玉枝が手のひらを撫《な》でてくれた。


それから二ヶ月が過ぎ、梅雨《つゆ》がはじまる頃に『らーめんｓｈｉｚｕｋｕ』は店を閉じた。奮起を促すために冷やしラーメンなどの季節メニューも揃えたが、思うように売り上げは伸びず七週間連続で損益分岐点を下回る。食材の値上げや仕事の要領を得たスタッフが辞めたことも重なり、有希はやむなく閉店を決断した。

閉店間際には噂《うわさ》を聞きつけたかのようにリョウタと太一が来店した。もちろんふたりには閉店することを伝えていない。太一に至っては、店長とうまくいっていないらしく、「姐さんの店で働こうかな」と愚痴っていたほどだ。

リョウタはあえて店に来なかったのだとか。有希と木之内とのいきさつを知るだけに、「なかなか来にくかった」と申し訳なさそうに言った。繁盛しているところを見せたがったが、ふたりが来店したときには空席が目立つようになっていた。

そして、玉木がまた違う部下を連れて来店し、じりじりと傷つくようなことを言って帰って行った。玉木の後ろ姿に目をやりながら、遂げられなかった萩原へのリベンジに唇を噛《か》んだ。玉木の部下が頼んだ冷やしラーメンのスープは、半分以上残っていた。

前もって閉店を知らせておいた不動産屋の老人は病気を患い療養中だと知った。息子さんから手渡された一筆箋《せん》には、〝人生まだまだこれから、がんばれ！〟と力強い文字で書かれていた。

「僕も同じ経験があるんで気持ちわかります」

息子さんの言葉に、気の利いた返しができなかった。気持ちがわかるならそっとしておいてほしいというのが本音だ。

最後の日はひっそりと終わりたかったが、吉乃とこずえ、亜紀が花束を持って来てくれ、嬉しい反面、しんみりしてしまった。同じ街に店を出した身としては複雑な気持ちだが、彼女たちの友情が支えになったことは確かだ。

『自由が丘女子メシ向上委員会』を脱退すると言ったら、吉乃にすごい勢いで怒られた。「脱退したら違約金百万円」と冗談めかした吉乃の目にうっすらと光るものが見えた。彼女たちとの友情はいつまでも大切にしたい。

神妙な顔をするのはやめてほしい。こうなってしまったことは仕方がないわけで、最後ぐらい笑ってほしかったのに、その目がいちばん応《こた》えるのだ。私の人生はまだ終わったわけじゃなくて、むしろリスタート。次に会うときは笑っている自信がある。だから、哀しそうな顔だけは、ほんとにやめて。

バリバリバリッ。壁に貼られた板が無惨に剝《は》がされ、舞い上がる粉塵《ふんじん》に光が射《さ》してキラキラしている。不動産屋の老人が、このままの内装でいかがですかと物件のオーナーに提案してくれたが、原状回復を言い渡された。

くり抜かれた天井からコンクリートが剝《む》き出しになり配線がだらんと垂れ下がる。彩色した画《え》を鉛筆画に戻すのは胸が詰まる。

シンクに溜《た》まった埃《ほこり》でハートマークを描いた。築城間もない夢の城の解体作業が『らーめんｓｈｉｚｕｋｕ』の最後の仕事となった。最後だからと無理を押して来てくれた老人が、重い咳《せき》をしながら契約解除の判を捺《お》した。

残すはヨナへの報告だけだ。なんだかんだでこれがいちばん重い。冴《さ》えない気持ちで向かったのは三宿《みしゅく》のラーメン屋、ヨナが住む街にある名もない店だ。

メニューは塩ラーメンとしょうゆラーメンと担々麺《たんたんめん》の三種類、瓶ビールとソフトドリンクのみ。老夫婦がふたりで営み創業四十年を数える。この街に十年以上住んでいるヨナは、かれこれ百回はここに通い、ほぼしょうゆラーメンを注文しているが、老夫婦と話したことはない。言葉を交わすのは、メニューをオーダーするときと会計のときだけらしい。

「店を閉めた率直な感想を聞かせてよ」

「いきなりだね」

「そうよ、現実主義だから私」

厳しい会話はラーメンが届く前からはじまった。

「甘かったんだよね。味も、スタッフ教育も、すべてにおいて中途半端だった」

「その通り。本質を見失ってたんじゃない？」

「本質？」

「そう。ラーメン店であるという本質。自由が丘の商店街となれば当然話題性も必要だけど、それだけが先攻しちゃった感じは否《いな》めないよね。女子をターゲットにしたことは悪くないと思うけど、女子目当てのお店になっちゃったのはどうなのって」

「そう願ったわけでも仕掛けたわけでもないよ」

「断言できる？　私はあなたのどこかに、そういう気持ちがあったからだと思ってる。スタッフのメイクだって、どこかアイドルを意識した感じだったじゃない。男が大好きで、女が大っ嫌いな媚《こ》びが見え見えだったもん」

「媚びてなんかないよ」

「出さないつもりでも内心にあるものが出ちゃうのよ。私はそういう女が大嫌いだからセンサーが反応するの」

「私にもあったって言うの？」

「そうよ。あなたにあったからスタッフにも出たの。それがラーメンという商材にはマッチしなかったということ」

反論したい気持ちが搔《か》き消されていく。これまでも媚びる女を全面否定してきたヨナが言うのだから、あながち間違いではないのだろう。萩原と付き合い始めた頃に、「上手《うま》く女を出したわね」と嫌味を言われたことがある。そのときはドキッとした。

「結局、商売をしたかったのか、ラーメンをつくりたかったのかどっちなのよ？」

衝撃が強すぎて何も返せない。断言できない自分が嫌になり帰りたくなった。

ヨナも次の言葉を言わず、ふたりとも老人の手先を眺めるしかなかった。

「お待たせしました。こちらが塩で、こちらがいつものしょうゆですね」

運んできた老婦人が、〝いつもの〟と付けてヨナに微笑《ほほえ》んだ。

ズルズルと音を立てラーメンをむさぼった。とりわけ何がどうという味ではないが、クセのない味がちぢれ麵に絡んでするすると喉元《のどもと》を通過していく。

スープが跳ねて、ヨナが「ちょっと」と口を尖《とが》らせた。ほんのり甘いあと味が、口の中にじわじわと広がり記憶に摺《す》り込まれていく。

「おいしいですね」ほっとするように言った。

「そうですか」

「ずっとお店をやられてるそうで、すごいですね」

「これしかできないもので」

何気ない言葉が胸の奥にずんと落ちた。

「バス停まで送るよ」

ヨナに言われたが、ずっと無言だった。夜のバスは本数が少なく、ベンチで待った。

会話はなくても何かを話している気がした。向こうにウインカーを点滅させたバスが見えた頃、ようやくヨナが口を開いた。

「で、どうするの？」

「もういちど修業」

「よく言った」

重い車体を引きずりながらバスが走り出す。私のこれからとおんなじだ。

ヨナに言った言葉に自分でも驚いた。その言葉を言えた自分が、さっきまでより好きになった。

14

ふたつ深呼吸をして家を出る。改札にＰＡＳＭＯをタッチさせただけで足が重くなった。渋谷で銀座線に乗り換え、駅に着くと階段で上る。臆病風《おくびょうかぜ》に押し戻されないように通い慣れた道を進むと変わらぬ景色と再会した。『花水木』の看板が厳しい目をして睨んでいるように思える。

野上にはまだ気持ちを伝えていない。単なる閉店報告だと思っているだろう。木之内がいなければいいなという期待はみごとに外れた。懐かしい匂いのする『花水木』には、野上と木之内が待っていた。

「お久しぶりですね」

「大変ご無沙汰《ぶさた》して申し訳ありません」

「いいんですよ。こうしてお顔を見せてくれるだけで嬉しいです」

いつもと変わらぬ口調によそよそしさを感じるのは負目があるからだろう。木之内はじっとうつむいている。感情的で多弁な木之内も、野上の横ではいつもこうだった。

「ご報告したいことがあります」

「はい」野上が椅子に座り直した。

「このたび『らーめんｓｈｉｚｕｋｕ』を閉店しました。私なりに頑張ったのですが、力が及ばずわずか一年足らずでこんな結果になってしまいました」

「私の方こそ一度も伺わず不義理をして申し訳ありません。開店のときには随分賑やかだったのに、わからないものですね」

「世の中の厳しさを知りました」

野上がうんうんとうなずき、木之内は姿勢を崩さない。奥から食材を切る音が聞こえてくる。

「あれっ？」

出勤したリョウタが大声をあげイヤホンを外した。

「姐さん、どうしたの？」

苦笑いの有希と目を合わせ、リョウタが奥に行った。

緊張が込み上げ、鼻で息を整える。

「あの、もう一度ここで働かせてください」

野上が目を剝いて木之内と顔を見合わせる。奥の包丁が鳴り止《や》んだ。野上が有希と視線を合わせてから、木之内に目配せをした。

「お帰りなさい」

思わぬ言葉に力が抜け、涙があふれた。

「みんな、こっちに来てください。門阪さんが『花水木』に帰ってきてくれますよ」

事情を知らないスタッフが戸惑い気味に拍手をする。リョウタが指笛で祝福してくれた。木之内が野上を見てから、有希に視線をやった。

「またよろしく」

息が詰まって苦しい。堪《こら》えられなくなり思いきり声を出して泣いた。ひとしきり泣いたあとに顔を上げたら、みんなの包むような笑顔があった。

「早速ですが、門阪さんに仕事をしてもらわなければなりません」

「でも、何も用意してないですし」

「今日は何曜日ですか？」

「月曜日ですけど」

「そろそろ花屋さんから切り枝が届くのでお願いできますか」

出尽くしたはずの涙がまた溢《あふ》れてきた。今度こそ必死で瞼《まぶた》にしがみつかせた。


古巣にもどった有希は、野上に皿洗いからはじめさせて欲しいと依願し、誰に指示されることもなくコンロまわりにブラシをかけ調味料を整頓し皿を洗った。チャーシューやメンマの味見と海苔《のり》の湿気も確認する。

下働きは身体が覚えている。この作業場は『らーめんｓｈｉｚｕｋｕ』よりも断然動きやすい。入ったばかりのアルバイトが有希の動きに見惚《みと》れていた。

「そのへんでいいだろう、下仕事は合格だ」

そう言って木之内からてぼを渡された。柄の部分にユウキと書いてある。取っておいてくれたのだ。

「門阪さんのことを知らないスタッフは聞いてくれ。彼女はわずか二年の修業で店を持ち、一年で店を閉めた。誰もが一年で閉めたということに目を向けるだろうが、俺はそう思わない。この人は勇気あるチャレンジをしたんだ。誰もが、〝いつか〟と思っている夢に迷いなく挑み、貴重な経験を積んでこの店に帰ってきてくれた。彼女の経験はきっと店の力になる。みんなも門阪さんに負けないよう仕事に励んでくれ」

歯が浮くような言葉に赤面する。木之内から何か話してくれとせがまれかぶりを振ったら、またしてもリョウタが口笛で煽《あお》った。

「はじめまして、門阪有希です。一年と少し前までこちらで働いていました。その後、お店を出したんですがうまくいかなくて出戻ってしまいました。新たな気持ちで頑張りますのでよろしくお願いします」

拍手の中、スタッフのひとりが「僕、食べに行きましたよ」と手を挙げた。

「『花水木』のスープと似ていておいしかったですよ」

恥ずかしいような嬉しいような、そんな気持ちになった。

「当たり前だろ」リョウタがすかさずツッコミを入れる。

「なんだ、お前も行ったのか」

木之内に問いただされ、「まぁ」とリョウタが首の後ろを掻いた。

「俺も門阪さんのいない日を狙《ねら》って行ったけど」

空気が一気に和む。リョウタの目が、〝うそだろ〟と言っていた。

「味はどうでした？」

心細気に有希が聞いた。

「女の子に目がいっちゃってわかんなかったよ」

「そこかよ」

リョウタのツッコミがスタッフの爆笑を誘った。

古巣……そんな思いが有希によぎる。私はこの店を裏切った。それにもかかわらず、この店の人たちは温かく迎えてくれた。それがどれだけ尊く、難しいことかは知っているつもりだ。頭を下げるだけでは意味がない。この店に恩返しするには、とにかく頑張るしかない。

あれから一年以上、『花水木』二号店の話はないままだ。聞けば、有希が辞めてしばらく経った頃、木之内が店を辞めたいと申し出たという。二号店の店長になることを希望にしてきた木之内にとって、話が流れたことは大きなショックだったにちがいない。

野上はどうやって木之内を引き留めたのだろう。いや、野上は人の意志を尊重する人だ。野上と向き合う中で木之内から留《とど》まる決心をしたのかもしれない。きっとそうだ。私よりも木之内の方が、ずっとこの店のことを大切にしている。木之内は野上の右腕なのだ。

厨房の隅に〈原点回帰〉と書いた紙が貼られてある。この店はまぎれもなく有希にとっての原点だ。野上や木之内、二号店を断念した『花水木』の誰にとってもそうだろう。有希は、誰よりも早く出勤して店内をくまなく掃除することから新たな修業をはじめた。


離れて過ごした時間は瞬く間に埋まり、『花水木』は木枯らしの季節を迎えていた。湯気でガラス窓が曇り、扉が開くたびに道ゆく人に食欲をそそる匂いが運ばれる。多忙な毎日を送っていたある日、見覚えのある男がカウンターに座った。麺づくり学校で一緒に学んだ藪中だった。

「門阪さん、おひさしぶりです。元気ですか。私は元気ですよ。ついこの前も一週間ほど福岡《ふくおか》へ行って来たばかりなんですよ。その前には旭川《あさひかわ》と札幌《さっぽろ》に行って……」

いきなり捲《まく》し立てる藪中を落ちつかせるように注文をとる。藪中は頭を掻きながら、塩ラーメンを注文し、トッピングをすべて頼んだ。

「つい先日、堀越太一くんから連絡があって、門阪さんがこちらで働いていると聞いたので伺ったんですよ。卒業されてからずっとこちらにいらっしゃるんですか」

「ええ」

あえてそう答えた。太一は、有希から『花水木』に戻ったという連絡をうけてから報せたのだろう。藪中よりも先に太一が来ればいいのにと、ふと思う。木之内が口元を緩め、話しかけてあげなさいという目をした。

「藪中さんは今、何をされているんですか」

「私はラーメンに入れるレトルト食材の会社に勤めています。わかめとキャベツ、ニンジンとコーンとねぎとメンマが入ったパックを作っている会社です。最近はチャーシューもはじめたんですがなかなか評判がいいんです。チャーシュー以外はほとんどがフリーズドライでね、最近の食品加工技術はすごいんですよ。ほら、これです」

藪中が嬉しそうにチラシと名刺を差し出した。肩書きは営業となっている。

「麺づくり学校を卒業してから、ラーメン店で修業させてもらったんですが、店主から見込みがないと言われましてね。才能もセンスもない、と。相当落ち込みまして、悪い癖でまた諦めようとしたんですが、もうやり直しがきかないと踏みとどまりまして、店主になんとかここで働かせてほしいと頭を下げて頼み込んだんです」

「藪中さん、もう少し小さい声で」

指を立てて「しー」とやった。藪中が何度も頭を下げてから、「それでね」と続けた。

「ウチじゃ使いものにならないから、取り引き先の会社に聞いてみてやると言ってくれたんですよ。それで面接に行ったら、〝どさ回りは平気ですか〟って聞かれて、よく意味がわからなかったんですが、〝何でもいいからやらせてください〟って言ったんですよ。そしたら、〝何でもいいとはなんだ！〟って怒られましてね。面接をした社長が私と同い歳で、〝同級のよしみだ〟といって採用してくれたんです」

「それは良かったですね。おめでとうございます」

「本当にどさ回りで、来週は熊本《くまもと》に行かされるんですよ。だったら先週、福岡へ行くときに言ってくれればいいのにね。老体にむち打って、貧乏暇なし生活を満喫してますよ」

そうぼやきながら藪中は満面の笑みを見せた。これまで何度も失敗し人に裏切られた藪中にとって、今こそが輝ける瞬間なのかもしれない。

チャーシューとメンマ、煮卵と海苔をトッピングした塩ラーメンを、藪中が何度も声を漏らしてうなずきながら食べた。

「これは美味しい。やっぱり加工品のトッピングとは違いますな」

「一緒にしないでくださいよ」

冗談まじりに言葉を挟む木之内に、藪中が「申し訳ない」と拝んだ。

「門阪さんとこうして再会できて嬉しいです」

「私も嬉しいです。太一くんに御礼を言わなきゃいけませんね」

「門阪さん」

そう言って藪中が箸を置いて姿勢を正した。

「なんであなたに会いにきたかわかりますか？」

「え」

唐突な問いかけに戸惑った。

「今が充実しているからですよ」

思いもよらぬ言葉に胸が熱くなる。「うん、うん」とうなずくと、木之内が拍手をした。すぐさま他の客も捲《ま》き込んで、店中が拍手に包まれた。予期せぬ展開に藪中が方々に頭を下げる。気を良くしたのか、客のひとりひとりに名刺を差しだして、また頭を下げた。

「いやぁ、諦めずに頑張ってよかったです。私は幸せ者です」

そう言って藪中は店を後にした。藪中が去った店内には、幸せの余韻が漂っていた。


数日後の底冷えのする夜、玉木が入店するなり有希と目を合わせ、なんでいるの？　という顔をした。連れてきた部下の顔は見覚えがある。『らーめんｓｈｉｚｕｋｕ』閉店前にスープをほとんど残した男だ。有希がいない間に玉木は『花水木』のスタッフと冗談を言い合う常連になっていた。

有希の店でもそうだったように、またべらべら喋り出すのかと思っていたら、部下と資料を眺めながら眉間《みけん》に皺《しわ》を寄せている。部下がｉＰａｄを取り出し紙資料と照合しはじめ渋い顔をして唸《うな》った。ふたりの顔色からビジネス上のトラブルであることは予想できた。聞き耳を立てたつもりはないが、声が大きくていやでも耳に入ってきた。

「〈ＣＯＭｎｅｌ＝Ｐａｙ〉のデータ不具合と認証問題、このままいくとかなりヤバイことになりますよ。ボーナスポイントのトラブルとは桁が違います。金融庁からの指導だって入りかねません」

「そんなことはわかっている。どう対処すればいいかと聞いてるんだ」

「システム統合を白紙に戻さないと……。『AnitoR』に主導権を握られすぎなんですよ、最近……社長が出社せずに遊びにかまけているから」

部下の言葉に玉木が頭を抱える。頬杖《ほおづえ》をつきしばらく唸ってから思いだしたように有希を見た。

「だからなんで門阪さんがここにいるの？」

急に話を振られ狼狽《うろた》えたが、すぐさま落ちついて返した。

「ご縁があって、またこちらにお世話になることになりました」

「あの店は？　潰れたの？　いつ？」

こいつの口はどんな名医でも治せない。どうしたらこんなに人を不快にできるのか聞きたいぐらいだ。

「ご注文は何になさいますか」返事に困る有希を見かねて、木之内が券買機を指した。

「いつものでいいよ、コイツもね」

いつものでいいよ、か。こうはなりたくないと思う人間の典型だ。いちいち気にするのはやめよう。

広げた資料の邪魔にならないように玉木が丼をよける。ペンで資料をなぞり、部下が画面をスライドさせて、ぶつぶつと口頭確認をしている。湯気の引いた丼が端に追いやられたままだ。

「ねぇねぇ、門阪さん、聞いていい？」

玉木がペンを指で回しながら聞いたが返事をしなかった。聞かれることは予想がつく。

「だから、なんで潰れたの?」

有希は笑おうとしたがとても無理だった。込み上げる怒りを全力で抑えようとする自分がいる。

「ねぇ、聞いてんじゃん」

抑制しようとする自分はいとも簡単に怒りに突破された。

「あなたどういう神経しているんですか?」

木之内のてぼが止まり、スタッフの視線が有希に集中した。

「はぁ?」

「それマジで言ってます? だとしたら重症だよ」

「なんだと」

木之内が有希を制し、背中を押して奥へ押し込んだ。

「なんだその態度は、もう一回言ってみろ」

興奮して立ち上がった玉木が、奥を覗き込んで怒鳴り声をあげた。

「この店の教育はどうなっているんだ。俺は客だぞ」

怒りのやり場を木之内に移した玉木が、カウンターに拳《こぶし》を振り落とす。周囲の好奇な目に晒《さら》され、部下が玉木を押さえたが、手を振り払われた。

「おい、副店長、どうなってるのか聞いてるんだよ」

何事もなかったように木之内が玉木の丼をさげる。部下には「お食べになりますか」と聞いた。

「何勝手にさげてるんだよ」

「申し訳ございませんが、あなたにはウチのラーメンを食べていただきたくありません」

「なんだと」

「理由はご自分でお考えください」

向こうの客が「いいぞ」と声を掛けた。「そうだそうだ」と間の手が入る。木之内が何食わぬ顔でてぼを振った。

「炎上させてやるからな」

カウンターを叩いて玉木が店を出たあと、部下が木之内に拝みながら出て行った。


閉店後、木之内は有希とリョウタを残して話し合いの時間を持った。缶ビールを飲みながら話すのは初めてだった。

「玉木さんのことは忘れよう。SNSに何か書かれたら俺の責任だ。そのときには考える」

「何をですか」リョウタが不安な目を投げる。

「気にするな。どんな責任でもとる」

「でも」

「まぁ聞いてくれ」

そういって木之内がビールを口に運んだ。

「俺は門阪さんが馬鹿にされて悔しかった。自分でも不思議なくらいに。知ってのとおり俺と門阪さんは仲が良くなかった。彼女の成長が自分の存在を脅かすんじゃないかと思って、随分辛《つら》く当たってしまった。情けない話だが、あなたがミスすることを待っていて、鶏がらの下処理のミスを見つけたときは、正直、やったと思った」

抑揚をつけず淡々と、そして赤裸々に語る木之内に有希は何も返せない。

「門阪さんをスープ担当から外し、下仕事ばかりさせて怒らせておいて、刃向かって来たらマウントを取ろうと思っていた。二号店の話が進まなくなると、また門阪さんを目の敵にして、反論してこないことをいいことに、ガッツがないとか気持ちが入っていないとか、挙げ句には副店長の座は譲らないなんて馬鹿なことまで言ってしまった。だけど気づいたんだ。気が入っていなかったのは俺だと。自分のことばかり考えて、『花水木』のラーメンをつくっていなかったんだ。それがわかったとき、俺はここに居ることは許されないと思い辞めようと決めたんだ。野上さんにそう伝えたら、初めて怒られてな。ふざけんなって。そんな生半可な気持ちでラーメンつくっていたのかって、あのやさしい人が顔を真っ赤にして」

「そうなんですか」

リョウタが神妙な顔で呟《つぶや》く。

「野上さんにこう言われたよ。二号店の話がなくなってよかったと。これでまた一からこの店でラーメンづくりに向き合えるじゃんって」

木之内が向き直り、有希を見据えた。

「門阪さん、本当に申し訳なかった。俺は、二号店も副店長も、もういい。この店でお客さんに喜んでもらえるラーメンをつくれれば、それだけでいいと本当に思っている。だから、この店のスタッフのことをからかう玉木さんが許せなかった。俺なんかよりずっと辛い思いをした門阪さんを嗤《わら》ったあいつが許せなかったんだよ」

「そんな」

有希がかぶりをふって謙遜《けんそん》した。

「玉木さんは上場企業の、ＩＴ企業の副社長で、同じ街のライバル店の経営者だ。今日のことを書き立ててＳＮＳを荒らすことなんか簡単だと思う。そうなったら俺は責任をとってこの店を辞める。これ以上、店にも野上さんにも迷惑をかけられないよ」

「それは違います。木之内さんのとった行動はスタッフという以前に人間として当然です。私だって同じことをしますよ。木之内さんが言ってくれなかったら、私がキレてました」

リョウタがニヤけた顔をしてふたりを交互に見る。興奮気味だった有希が、「なによ」とむくれると、「いやいや」と崩れた表情を必死で持ち上げている。

「仲いいじゃん、ふたり」

意表をつかれて有希が下を向く。木之内が口に運んだビールは空だった。

「はいこれ」リョウタが新しい缶ビールのプルトップを引いて渡した。

「ああ」

アイコンタクトでリョウタが有希にも缶ビールを渡した。

「門阪さん。さっき言ったことは本音だ。夢がなくなったとか、そんなんじゃなくて、俺は本当にここでラーメンをつくりたい。門阪さんが副店長になっても」

「そんな、ありえないです」

「じゃ俺がなる」

「お前が副店長になったらすぐ辞める」

「なんすか、それ」

この事件をきっかけに有希と木之内には信頼関係が芽生えた。SNSの行く末はわからないが、起きてしまったことから逃げずに店全体で対処しようと決めた。そんなことで潰されるような店じゃないという確信が有希にはある。

ここには木之内とリョウタと野上にしかつくれないラーメンがある。それは単なるラーメンではなくプライドだということが有希の心に摺り込まれていく。

「と言ってもこれからも甘やかさないからな」

木之内の言葉が、有希にはなによりのエールになった。

翌朝、有希が暖簾《のれん》を掛けようと外に出ると、玉木の部下が神妙な顔で立っていた。

「昨日は玉木が大変ご迷惑をおかけして申し訳ありませんでした」

「そうですね」有希がきりっと口を結んだ。

「このようなことが二度とないように注意いたしますので、何卒《なにとぞ》お許しください」

「ひとつ条件があります」

「何でしょうか」

「今度いらっしゃるときは冷めないうちに食べてくださいね」

部下は深々と頭をさげ「ありがとうございます」と言って帰って行った。

「だから何度言ったらわかるんだよ」

リョウタの怒声に新人スタッフが恐々とする。このところ休憩時間に行われるスパルタ指導は常習化しつつあり、熱血指導に堪えられず辞めていく者もいたが、野上は容認していた。自分にはないものが木之内やリョウタにはあるとわかっているからだろう。

その甲斐《かい》あってスタッフの技量は格段と向上し、それを反映するように売り上げは伸びている。男性スタッフが多い職場にとって厳しい指導が必要なのはわかるが、熱くなって声を荒らげるリョウタに有希は苦言を呈した。

「いくらなんでも、〝バカヤロー〟はダメだよ。今どきの子ってそういうのに慣れていないんだから」

「だから言ってやるんですよ。ここはそういう場所だってことを教えるために」

「こないだもふたり辞めたじゃん。なんでふたり一緒だったかわかる？　ひとりじゃ言い出せないからよ。リョウタが怖いんだってば」

「辞めたやつらのことは関係ないすよ。現に残ったやつらはみんな使えるじゃん」

「ほら、〝使える〟っていう言い方、モノじゃないんだから」

「いちいち言い方気にしてたら教えられないすよ」

「この間も、奥で怒鳴ってるのが聞こえてお客さんびっくりしてたよ」

「たまたまでしょ」

「リョウタは熱くなると、お客さんのことが見えなくなるんだよ」

「なんで言い切れるんすか」

「いくら情熱があっても、それがお客さんに聞こえて気分を害されたら店にとっては損でしょ。ピリピリした雰囲気ではスタッフも笑えないし、お客さんにも気を遣わせちゃうんだからね。それに怒られた方は気持ちを回復させる時間が必要なのよ。誰もが打たれ強いはずがないんだから。私のお店は女の子たちだけだったけど、絶対に怒鳴ったりしなかった」

「だから上手くいかなかったんじゃないすか」

リョウタのものとは思えない言葉に声も出ない。

「ここは姐さんの店じゃないんだし」

たたみ掛けるようなリョウタに、有希は引けなくなった。

「だから言ってるのよ。もう失敗したくないから。怒鳴るんならせめてお客さんのいないときにしてよ。怒鳴り声聞きながら食べるラーメンがおいしいと思う？」

「門阪さんの言う通りだ。俺とリョウタは熱くなりすぎるところがある」

木之内の思わぬ援護射撃にリョウタが眉を顰《しか》める。

「なに折れてるんすか。木之内さん」

「折れてるんじゃない。門阪さんの言うことがもっともだからだ。この前、最後のお客さんが帰ろうとしたときに突然どしゃ降りになって、〝しばらく店で雨宿りしていかれたらいかがですか〟と言ったら、〝結構です〟って、走って帰って行かれたんだよ。そのお客さんからオーダーをいただいたとき、奥からリョウタの怒鳴り声がしたんだ。お客さんと目が合って、すみませんって謝ったんだけど目を逸《そ》らされたんだ」

「ちょっと待ってくださいよ、俺のせいすか？　もしそうだったとしても、たまたまでしょ」

「たまたまがあっちゃダメなんだよ。こんな店、二度と来るかって一人に思われたら百人に広がるんだぞ。ましてラーメンの味じゃなくて怒鳴り声とかスタッフの態度でそう思われたら馬鹿馬鹿しいだろ」

　外出から戻った野上が場に加わる。木之内は話を切ろうとしたが、野上が目で〝続けて〟と促した。

「リョウタ、これはお前だけに注意しているんじゃない。俺自身も戒めているんだ。俺たちは性格が似ているからすぐカッとなるけど、だから伝わらないことがあるんだよ」

「じゃあ、ママゴトみたいにやさしく教えろっていうんすか」

「そうじゃない。教えられる方の身になることも大切だって言ってるんだ」

「そんなこと理屈でわかってても、どうすればいいかわかんないすよ」

「それを考えるんだよ、みんなで」

　自分が出したパスを木之内が受けたような展開を、有希は嬉しく見守っていた。以前は頑として自分の非を認めなかった木之内が、自己反省をしながらリョウタに気持ちを伝えている。苦い思いをした者の言葉は強がりを凌駕《りようが》する。木之内の姿には感動すら覚える。

「そうっすね。気合いが空回りした感じです」

　ふてくされながら受け入れるリョウタもまた愛すべき人物だ。

「姐さん、さっきはすみませんでした」

「許さない」

　リョウタが、〝そんな〟という顔をする。

「だから飲みに付き合って」

「マジっすか！」

「リョウタのおごりでね」

野上が、リョウタに怒鳴られた新人スタッフの肩を叩き、「たまにはみんなで飲みに行きますか」と音頭《おんど》をとった。

「店長のおごりっすよね」

「ああ。でも門阪さんの分はリョウタが持てよ」

リョウタが舌打ちをしながら「お前も来いよ」と叱りとばした新人スタッフの肩に手を回した。

「俺はもうちょっと片づけてから行きますよ」

ひとり残ろうとする木之内に、「じゃみんなで一気に片づけようぜ」とリョウタが声をあげた。

ひとつひとつの問題に、解決までたどりつく仲間を尊く思う。その輪の中に自分がいられる喜びを、有希はひしひしと感じていた。

15

桜の蕾《つぼみ》がふくらむ頃、『花水木』にも行列が戻ってきた。以前ほどではないが、シャッターポールの客もあり店内は活気に満ちている。かといって何が変わったわけではない。挙げるとするならリョウタの気が少しは長くなったことぐらいか。多少の浮き沈みはあっても味は正直だと、あらためて有希は思った。

最近、野上はまた外出することが多くなり、木之内の補佐役としてリョウタが腕まくりをして張り切っている。ネームプレートには副店長補佐官と書いてある。日の丸が一緒に書かれてあるところがリョウタっぽい。

春一番が吹いた日の夕方、早番だった有希は野上から話があると言われ、近くのカフェで待っていた。しばらくすると珍しくスーツ姿の野上が現れた。

「どうしたんですか店長」

「外回りの仕事にはこういう格好も必要でね。へんですか？」

「お似合いですよ。ぐっとイケメン度アップです」

「そうかな」

野上が照れながらおしぼりを取った。

「それで話ってなんですか？」

「うん」

そう言って野上がネクタイを直した。

「二号店をつくることに決めたんだ」

「えー」

有希が思わず声をあげ、店内が一瞬静まった。

「それでお願いがあるんだけど、門阪さんに副店長になってほしいんですよ」

「えー」

今度は店員が白い目で見る。

「そんな、まだまだ早いです。でも、ということは、木之内さんが新店舗の店長になるということですよね。木之内さんの下なら頑張れるような気がします」

「いや、新店舗の店長は私です」

「え？」

「門阪さんには新店舗の副店長になっていただきたいんです」

頭の中が混乱して言葉がでない。

「岩手県久慈市に二号店を出すことに決めました。私の故郷です」

「え？」

心を落ちつけあらためて聞き直したが、野上の言葉に変わりはなかった。野上はふるさとへの想《おも》いを語りはじめた。

「震災で失くした父親の食堂をいつか復活させたいという想いは、面接のときにお話ししましたよね。父親の食堂の名物だったラーメンを復活するために脱サラをして、修業をしてから『花水木』を開業したことも」

「はい、お聞きしました」

「しかし私は近隣に二号店を出すことを考えました。当初の予想よりも売り上げが順調に伸びて、銀行との話し合いにも見通しがついたからです。正直、こんなに儲《もう》かるのなら、岩手の田舎に出店するより二号店をつくったほうがいいという経営判断でした。ところが急に売り上げが落ち込み、返済計画に不安が生じました。銀行は経営状況をくまなく見ますから、そこを指摘されたんですよ。なんとか融資をお願いしたのですが、なかなか決裁が下りず、そうこうしているうちにまた業績が落ちてしまったんです。そのことは前にもお話ししましたが、私の気持ちの中で、なにかがズレていると感じたんです。私は二号店よりも父親の店を復活させるべきだったんです」

「お気持ちはわかりますが、それは店長の思いであって、『花水木』の思いとは違うような気がします」

「仰《おっしゃ》るとおりです。『花水木』は東京の店です。久慈に出店してもきっと違うものになるでしょう。でも私は決めたんです。父親の店を復活させることを。そこでぜひ、門阪さんのお力を借りたいと思っているんです」

野上が強い目で有希を見つめる。しばし沈黙が流れた。口をつけていないコーヒーの横で、グラスの氷がコロンと鳴った。

「せっかくですがお断りさせていただきます。私には、まだまだ東京でやらなければならないことがあるんです。半人前の私が、店長と一緒に久慈の店に行くことはできません」

有希には『らーめんｓｈｉｚｕｋｕ』と萩原へのリベンジがチラついていた。今ここで東京を離れるわけにはいかないのだ。

野上が無言で有希を見つめた。

「失礼します」

そう言って有希が店を後にした。テーブルにはグラスの水滴が溜《た》まっていた。


翌日、野上は久慈への出店構想をスタッフ全員に話した。誰もが驚きを隠さない中、リョウタが不満を滲《にじ》ませる。誰にも転勤を要求せず、ひとりで久慈に出向き現地でスタッフを確保すると言う野上に、有希は複雑な気持ちになった。

もし自分が久慈に行くと言っていたら野上は何と言ったのだろう。なぜ野上は自分を久慈に行かせようとしたのだろう。この話を木之内は知っているのだろうか。リョウタはどうだろう。野上が自分だけに知らせたのかと思うと、有希は口を噤《つぐ》まざるをえなくなった。

痺《しび》れを切らしたようにリョウタが口火を切った。

「俺、納得できませんよ。店長の実家の食堂の話は何度も聞きましたけど、それって今ですか？」

「いろんな苦境を乗り越えて、みなさんが団結した今だからこそできると思っています」

「それって、二号店じゃなくないですか？　そんなに離れていたら、この店との関連性がわからないですよ。同じ店名をつけて同じ味にしたから二号店って、それって違いますよね」

もっともらしいリョウタの意見に口を挟む者はいない。木之内が目を閉じて聞いている。

「その前に、久慈に店を出すからって、なんで相談とかないんですか。店長、いつもチームワークとか言ってますけど、勝手にひとりで決めて、それって矛盾してないすか？」

リョウタが何か言うたびにスタッフの顔が曇る。野上がそっと目を閉じた。

「これは私のわがままであり、夢です。大袈裟《おおげさ》に言えば使命感でもあります」

「この店はどうなるんすか」

「『花水木』は木之内さんにお任せしようと思っています。私は久慈に店をつくり、そちらに従事します」

「いつ戻ってくるんすか」

「しばらく戻るつもりはありません」

そう断言されリョウタが舌打ちをする。周りは静まり返っている。

「ちょっといいかな」

ようやく木之内が口を開いた。

「俺も今はじめて聞いて、正直、店長は勝手だと思ってます。だけど、それが店長の夢と聞いて、使命感だと聞いて、何も言えなくなった。店長はお父さんの店を復活させるために『花水木』を始めたんだから誰も反対できないんじゃないかな」

「そんなことないでしょ。店長はこの店に関《かか》わらなくなるんすよ。それって無責任じゃないすか？お父さんの店を復活させるために、この店を見捨てるって言うんすか？」

「リョウタっ」

大声で怒鳴る木之内にリョウタが向いた。

「木之内さんはここの店長になれるから許せるんだよ」

「もう一回言ってみろ」

「言ってやるよ。店長になれるから平気なんだろ！」

木之内が拳《こぶし》を握り奥歯を嚙む。リョウタがあごを突き出した。

「お前が店長やれよ」

木之内の言葉に誰もが耳を疑った。

「俺はこの店で働けるだけでいい」

「なにカッコつけてるんだよ」

「格好つけてるんじゃない。それが俺の本音だ」

「それがカッコつけてるって言ってんだよ」

「ああ格好つけてやるよ。この店で働けるだけで俺は幸せなんだ」

顔を紅潮させる木之内にリョウタが言葉を失う。張りつめた空気の中、野上がそっと口を開いた。

「この店の実権は副店長をはじめみなさんに委任します。この店を守ってくださいとは言いません。みなさんで新しい『花水木』にしてください。私は久慈で、みなさんに恥ずかしくないような店をつくります。わがままをお許しください」

後日、野上は『花水木』の経営権を木之内に譲ろうとしたが、木之内は断った。この店は野上の店であり、野上の元に集まった者たちの店だと木之内が言い切った。困惑する者もいたが、木之内の粘り強い説得もあり誰もが今以上に仕事に励むことを決意する。ただひとりこの提案にふてくされていたリョウタが、これまでにも増してリーダーシップを発揮し、木之内を盛り上げようとするのが見てとれる。有希は野上に言われたことを封印し、気持ちを切り替えて仕事に没頭した。

野上が『花水木』を離れてから三ヶ月後。東北地方に梅雨《つゆ》明け宣言がでた頃に、『ハナミズキ』が開店した。スタッフは野上の両親と、津波で船を失《な》くした地元の漁師夫婦の計五人で、震災復興支援を続けるボランティアの協力により建てられたそうだ。資材は廃材を利用し、調理具は飲食店から譲り受け、ガスコンロと空調機器はリサイクルショップで手に入れたのだとか。

開店準備を手伝いたいと言う『花水木』スタッフの申し出を断ったのは、自分のわがままにスタッフを捲き込みたくないという野上なりの覚悟だったのだろう。

手早くメールか電話で報《しら》せてくれればいいのに、野上は近況を手紙で報せてくる。そこがいかにも野上らしくてほっとする。『ハナミズキ』という店名を考えるのに二ヶ月もかかったというから笑えた。

木之内やリョウタと何度も読み返すうちに、封筒がヨレヨレになってきた。

二通目の手紙からは、さらに元気な野上の様子が伝わってきた。


拝啓　梅雨明けの頃、みなさまいかがお過ごしですか。海沿いにある『ハナミズキ』は、山背《やませ》と呼ばれる季節風の影響で夏でも比較的に涼しく、カモメが優雅に空を舞っています。

当店のメニューは塩ラーメンとしょうゆラーメンの二種類で、『花水木』と同じです。六百円で提供するのは大変ですが、なんとか頑張っています。

先日、廃校になった中学校の机と椅子を店で使っていることが新聞に取り上げられました。震災からの復興を続ける街では、こんな小さなこともニュースになるのです。

街には徐々に活気が戻り、多くの漁師さんたちが漁に出るようになりました。漁師のお客さんも多く、「ウニもメニューに加えてくれ」と頼まれたので、渋々了承すると、「ウチは寿司屋《すしや》じゃねぇんだべ」と父親に叱《しか》られました。いくら断っても漁師さんは引き下がらず、時折持ち込まれるウニは塩焼きにして、他のお客さんにも振る舞っています。これが大人気で、ウニの仕入れ（？）はしばらく続きそうです。

少々、ホームシック（とは言わないですね。故郷にいるんですから）ではありますが、『花水木』の皆さんに負けないように、久慈の店を盛り上げていきます。

東京はこれから厳しい夏になりますが、どうかみなさまご自愛ください。

敬具

16

野上の抜けた『花水木』は、相変わらず賑《にぎ》わいをみせている。店長になった木之内が取り入れた週代わり副店長制度により、スタッフには競い合うようなライバル心が芽生えた。うっすら副店長になれるかもと期待していたリョウタは不満そうだったが、自分が当番の週になると張り切って持ち前のリーダーシップを発揮している。舞台の仕事が廻《まわ》りはじめた横谷は晴れてバイトを卒業し、その日は店を早じまいにして送別会を開いた。

木之内は野上と連絡を取り合い、売り上げ報告だけではなくあらゆる相談事をしているようだ。昨日も閉店後に、野上と電話をしながらメモを取っていた。野上が抜けた穴の大きさはスタッフの誰《だれ》もが感じていて、店を任される木之内にとっては心の寄りどころ、ライフラインのようなものなのかもしれない。

それは野上にとっても同じようで、「売り上げ報告以外に、日々の気づきや出来事などを伝え合おう」と木之内に提案したそうだ。

木之内によると、ここしばらくのビッグニュースは、野上が諦《あきら》めることを知らない漁師に根負けして、期間限定で『ウニラーメン』をメニューに加えたことだそうだ。それがローカルニュースに取り上げられて話題になり、野上に「しばらく続けなければならないよ」と泣き言を並べられたとか。これにはスタッフが爆笑した。

有希は、野上がいなくなっても崩れないチームワークに安堵《あんど》しながら、どこかさみしさを隠せない。信念を貫きリスク覚悟で地元に戻った野上を尊敬する気持ちは募るばかりだ。

「サプライズで久慈行かないすか」リョウタの提案に拍手が起こる。

「いいな、それ」真っ先に声をあげたのは木之内だった。

すぐさま計画が立てられシフトをやりくりして久慈行きが決定した。メンバーは木之内、リョウタ、有希の三人。一日だけ店長代理を立てて、日帰りでの久慈行きを決行する。

レンタカーを借りて朝四時に出発し、木之内とリョウタが交代で運転する。車は助手席に乗るものだと思っていた有希は免許を持っていない。後部座席で寝落ちした有希を、リョウタがＦＭを大音量にして起こした。

「もう、寝てないんだから寝させてよ」

「ひとりだけ楽《らく》してるんだから寝るな！」

「誰が楽してるって？」

そう言って有希がトートバッグから小分けのバッグを取り出した。

「なにこれ」

「お弁当」

「うそっ」

一瞬、木之内が後ろに目をやり車がグラッと揺れた。

「ちょっと、店長、気をつけてよ」

梅干しとおかかのおにぎり、から揚げ、玉子焼き。大定番メニューの弁当を頬《ほお》ばりながら北へと辿《たど》る。遠足気分の三人が久慈に着いたのは正午を過ぎていた。

三人の突然の来店に、野上が口を開けたまま棒立ちになる。

「『ハナミズキ』っていうおいしいラーメン屋があるって聞いたんですけど、ここですかー」

ふざけるリョウタに、野上の顔がほころび、木之内と有希の顔を交互に見ながら白い歯を見せた。

「お久しぶりです」

野上と握手をする木之内の横で、有希がお辞儀をする。

「長旅でめっちゃ腹へったんですけどー」

「相変わらずだね、リョウタ。ようこそ、いらっしゃい」

呆気《あっけ》にとられていた従業員が、三人と野上の関係をようやく理解した。

「ヤバイ、めっちゃうまいっす。これ、ウチのよりうまくないすか」

リョウタがあっという間に丼《どんぶり》を空にした。

「おいしい。『花水木』の味だけど、なんだろう、すごくやさしい気がする」

気をよくした老婦人が、「んだろ」と微笑《ほほえ》んだ。

「時間さ気にしねぇで食べてるからだろ」

「そっか」

しみじみとする有希の横で、木之内が「たしかに」とうなずいた。

「これが私の母親で、てぼを振っているのが父親です」

母親が人の好《よ》さそうな笑顔で挨拶《あいさつ》をし、父親は顔を崩さずに目を合わせた。

「あんな顔してるけど、本当は嬉《うれ》しいんですよ。ここの男は口下手で無愛想に思われるんです」

父親が余計なことを言うなという目を送り、あごで何かを伝えた。

「はいはい、わかったよ」

テーブルには湯気が立つウニの塩焼きが所狭しと並べられた。

「うんめー」

さり気なく状況を見守っていた父親が相好を崩した。

「お父さん、ウニラーメンも食いたいっす」

「しょうがねぇな、特別につくってやっか」

わがままなリョウタに、父親が無表情のまま丼を用意しはじめた。


店にはゆったりとした時間が流れている。客はそれぞれに新聞を読んだり話をしたり。随分前に丼を下げられた老人が野上の母親と向き合って話している。この土地では、ラーメン屋は単なる飲食店ではなく憩いの場所でもあるのだろう。この雑然とした店に、ラーメンは急《せ》かされて食べるものではないと教えられている気がする。大切な食事と大切な時間は一緒にあるべきものなのだろう。

「お姉さんたちはどっから来たんだべ」

入ってきたばかりの鉢巻き姿の老人が有希に尋ねた。

「東京です」

「いい店に入ったな。ここは久慈でもいちばんうめぇラーメン出すからよ。東京なんかじゃ食えねぇべ」

「食べすぎてお腹《なか》いっぱいです」

「そうかぁ。あれは出したんかぁ、ほれ」老人が野上の父親に目配せをした。

「さっき特別に出してやったべ」

「うまかっただろ。この街の名物だからよぉ」

まるで自分が出したように自慢する老人は、ビールを二本飲んでから席を立った。

「ラーメンは頼まれないんですか」思わず有希が聞いた。

「ここはメシ食ってから来ても文句言われねぇんだ」

爪楊枝《つまようじ》をくわえて店を出る老人を有希が目で追う。よろける後ろ姿が幸せそうだった。

「あの爺《じい》さんですよ、ウニの塩焼きをやれって言ったのは。寺《てら》さんっていう地元の漁師でね。客を喜ばせてやれって、頼んでもいないのに、いつもどっさりウニを持って来るんです。ある日、思いついたように、〝ウニラーメンつくれ〟って。困ったもんですよ。でもそれがこの街のラーメン屋だと思って、渋々やってます」

苦笑いに幸せが滲《にじ》んでいる。この穏やかで緩やかな時間を野上は求めていたのだろうか。『花水木』が、この店のためのものであったということが、有希にはなんとなくわかった。

帰り際に、野上の母親からずっしり重い保冷バッグを渡された。

「これ、ウニだ。お店のみなさんにも分けてあげてください」

「やったー」

有希の代わりに、リョウタが叫んだ。

「ありがとうございます」

「それと、息子のわがままを聞いてくださって本当にすみません。みなさんには大変ご迷惑をおかけしました」

母親につられて野上が礼をした。

「そのウニは店で出すんでねぇぞ。大人気になっちまうから」

ようやくほどけてきた野上の父親が豪快に笑う。

「本当言うと、息子のラーメンはオラの味とちがうから気に入らねぇんだけどな」

本音まじりの愚痴を言ってから、父親は店に戻った。

野上は車まで見送りにくると、あらためて有希たちに頭を下げた。

「本当にわがままを通してすみません。でも、これが私の夢でした」

そう言い切れる野上が、有希は羨《うらや》ましかった。木之内とリョウタは、東京では見たことのない野上の顔に息を呑《の》んだ。

帰りの車はみんな口数が少なかった。野上がなぜ久慈に店を出したのかを知り納得したからだ。わずか二時間ばかりの滞在だったが、有希はラーメンへの思いをより強くした。木之内とリョウタも同じだろう。

自分たちは、野上がつくった『花水木』を守る。野上がいたとき以上に、客に喜ばれる店にすることでしか野上に恩返しはできない。

真夜中の高速照明灯が眩《まぶ》しい。スカイツリーのイルミネーションが見えた。土産《みやげ》にもらったウニが車中に磯の匂《にお》いを振りまいている。この短くて遠い旅を有希は決して忘れないと思った。

めっきり日が短くなり、北風が冬の匂いを連れてくる頃《ころ》、閉店間際の『花水木』の前を何度も行き交う男がいた。その夜は客も少なく、有希は客を待ちわびるように外を眺めていた。いつもより早く暖簾《のれん》を下げに出ると、有希が出てくるのを待っていたかのようにコート姿の男が向こうから走ってきた。萩原だった。

有希は久しぶりに目の前に現れた元恋人に驚きを隠せない。萩原は白い息を吐きながら有希を見つめた。夜風にコートの襟が立ち上がり暖簾がバタバタと音を立てる。視線を合わせるだけの時間がとてつもなく長く感じる。萩原が視線を外し、何か言おうとしたときだった。

「姐《ねえ》さん、何やってるの」

リョウタの声に、萩原がすっとその場を立ち去った。

「ううん、なんでもない」

すぐさま目で追ったが、萩原の姿はもうなかった。萩原は、なぜ突然姿を見せ、何を言おうとしたのだろう。有希がわずかな時間を振り返る。あんな顔の萩原は見たことがない。いつもの自信に溢《あふ》れて人を上から見るような視線はどこにもなかった。そう思いながらも、それ以上深読みすることはやめた。

不思議なのは、あれだけリベンジしてやりたいと思っていた気持ちが、萩原の顔を見ても少しも湧《わ》いてこなかったことだ。

店に戻ると、「いつまで夜風にあたってるんすか」とリョウタにからかわれた。

「リョウタにのぼせちゃって」

「そろそろ通用しないっすよ。そういうの」

「うるさい」

木之内が他愛《たわい》もないやりとりに口元を緩ませた。

17

年が明け二月になり、有希は休暇をとって久慈行きを決めた。前回行ったときに見た、野上たちと客とのやりとりに心が動き、有希自身がスタッフとして店に立ってみたくなったのだ。

「野上さんが了解するかな」と木之内が不安がらせたが、逆に野上は、「木之内店長がいいと言うなら」と気遣った。

野上は「久慈の冬を甘く見たら駄目ですよ」と防寒対策を勧めたあとで、「お待ちしています」と言ってくれた。傍《そば》で聞いていたリョウタが、「俺も行きてぇな」と口を尖《とが》らせた。

東北新幹線で二戸《にのへ》まで向かう。トンネルをくぐるたびに雪が深くなり、停車を告げるのどかなチャイムが旅情を掻《か》き立てる。車内誌を眺めて、今さらながら人生二回目の東北だと気づく。東北新幹線ははじめてだ。

ひと眠りしてもまだ先は遠く、うたた寝をしたらお尻《しり》が痛くなって起きた。二戸駅に着きバスに乗り換え久慈駅に到着すると野上が車で迎えに来てくれていた。

「寒いでしょ」

当たり前のことを聞かれ、「すごく」と答える。「みんな待っていますよ」という言葉で一気に心が温まった。

野上の母親が幼い子どもの帰りを待つように、店の外で待っていてくれた。

「寒いでしょ」

同じことを聞かれて可笑《おか》しくなる。岐阜の和菓子を土産に渡したら「栗きんとん？」と聞かれたので、「時期がちょっと」と濁した。栗きんとんは賞味期限が短く、長距離移動の手土産には向かないのだ。どんな苦難も乗り越えるという縁起ものの『起き上り最中《もなか》』に気づいてくれただろうか。

店は二ヶ月前とはちがい閑散としていた。冬の始まりには人気《ひとけ》はあるが、冬本番になると地元の人はほとんど出歩かなくなるのだそうだ。それでも漁港で働く人たちは、熱々のラーメンを食べに来てくれるのだとか。海で働く人たちは仕事終わりが早く、昼前に顔を赤くする人も珍しくないらしい。

野上の父親は照れ屋なのだろう。有希と目を合わせずに「しばらくぶりだな」とぶっきらぼうに迎えた。店を手伝っていた漁師夫婦は、漁業組合から漁船を借りて海の仕事に戻り、店は野上と野上の両親の三人だけになっていた。

ぽつりぽつり、客が揉《も》み手をしながら入店する。「しばれるね」という言葉に旅情が滲む。いいな、東北。萩原と行った北欧よりもずっといい。萩原との想い出を脳裏《のうり》によぎらせても腹立たしさを感じないのが不思議だ。

「あれ、久しぶりだぁな。この前よりもめんこくなったんでねぇか」

ウニの塩焼きをメニューに押し込んだ漁師の寺さんが赤い顔をして入ってきた。酒の匂いをぷんぷんさせて、かなりご機嫌な様子である。

「オラは漁協と『ハナミズキ』しか行く場所がねぇから、毎日どっちかで飲んでんだけど、今日は調子がいいからどっちもだ」

聞けば、寺さんはひとり息子を漁で亡くし奥さんとも死別したらしい。唯一の楽しみだった野上の父親の食堂が津波にさらわれると、しばらく外出しなくなったが、『ハナミズキ』の開店を機に、また外に出るようになったのだ。漁協での肩書きは相談役で、給料はすべて飲み代にあてているという。

「家にいすぎると人間にカビが生えるからダメだ。んだからオラはアルコール消毒してるんだ」

そう言って寺さんが有希にビールをすすめる。

「ここでは飲んでいいんですよ」野上が笑った。

「はい、寺さんも」一気に飲み干した有希が、寺さんに返杯する。

「なんで俺の名前知ってんだ？　まいったべ、こりゃ」

寺さんが嬉しそうに両手で返杯を受けた。

「おめぇはこういう娘っ子を嫁にとらねばよ」

寺さんの言葉に野上が顔を赤くする。

「馬鹿なこと言わないでくださいよ、寺さん」

「何が馬鹿だ、もっともなこと言ってるだけでねぇか。おめぇも飲め！」

鼻息を荒らげ、寺さんが野上にビールを注《つ》ぐ。

「ほんとだねぇ。有希さんがきてくれたらありがたいんだけどねぇ」

野上の母親まで便乗する。中華鍋《なべ》がカンカンと鳴ったのは、野上の父親もそう思ったからだろうか。

「店長にはもっと素敵な人がお似合いですよ」

妙な展開になりそうな空気を有希が変えようとした。

「誰かいい人はいるんだべか？」

食い下がる寺さんに中華鍋の音が止《や》んだ。母親が背中越しに聞き耳を立てている。

「そんな人いませんよ。モテないんです」

中華鍋がまた鳴り出した。

「おい、倅《せがれ》、聞いたか。いないってよ」

「寺さん、酔っぱらいすぎですよ。門阪さんが迷惑してるじゃないですか」

こめかみに血管を浮き立たせた野上が、少し強い口調で言った。

「んじゃオラの後妻にくるけ？」

「それもいいですね。考えときますね」

「こりゃまいったべ。敵《かな》わねぇわ」

寺さんの冗談に救われようやく場の雰囲気が変わった。それから寺さんは焼きウニをつまみに熱《あつ》燗《かん》を二合飲んでから千鳥足《ちどりあし》で帰っていった。その日もラーメンは頼まなかった。

野上が独身だということをすっかり忘れていた。そろそろ四十五になるというのになんで結婚しないのだろう。イケメンで背も高いし性格もやさしくて文句のつけようがないのにもったいないと親戚《しんせき》みたいに思う。かといって寺さんじゃないけど、嫁になれと言われても困る。野上は尊敬する人だが恋愛対象としては圏外だ。

となると私には誰がいる？　木之内とリョウタと太一と、ほかには……後が続かず愕然《がくぜん》とする。

これがピンヒールを鳴らし青山を闊歩《かっぽ》していた自分かと虚しくなり、結婚なんて興味ないと自分に折り合いをつけた。

古びたホテルの部屋、青白い蛍光灯に侘《わび》しさが募《つの》る。窓の外では轟々《ごうごう》と風が唸《うな》っていて、真っ黒な海にときどき蛍みたいな灯《あか》りが点《とも》った。ひとり暮らしに寂しさを感じたことはないが、旅先で迎えるひとりの夜は余計なことばかり考える。

東京に出て短大に行って、それからずっと働いてきた。ふたつめの会社が急成長して、そのぶん自分も成長したと思っていたが、確かめることもないまま会社を辞めた。それでも会社を支えてきたという自負があった。

会社から辞職に追い込まれたときに思った。世の中はほとんどが上手《うま》くいかないということを。上手くいっていると思ってもそれはきっと幻で、いい思いをすればするほどその幻に凹《へこ》まされる。高い給料を貰って、好きな物を買って、海外旅行に行って、ステイタスという見えない鎧《よろい》みたいなものを纏《まと》って格好つけて、それが働くことへの評価とプライドだと思っていたが、全然違った。そんなものは単なる見栄で、そう見られたかった自分が薄っぺらく思えた。

会社を辞めて、飾らなければ人前に出なかった自分が、飾らなくていい日々を過ごせるようになったのは、女を捨てたからじゃない。むしろその逆。飾らないからこそわかる人間の本質にようやく気づいたのだ。

私の周りにある何気ないものが愛《いと》しく思える。髪を後ろに束ねてすっぴんで野上や木之内に挨拶《あいさつ》できる今の自分が好きだ。

「すっぴんの方がエロいですよ」とリョウタに言われたときはドキッとした。寺さんには一度バッチリメイクを見せてやりたいけれど、「ケバケバしくて気持ちわりぃべ」と苦い顔をするにきまってる。「すっぴんの方がいいべ」なんて気の利いたことは一生言えないだろう。

プシュッ。缶ビールのプルトップを引く。窓にあたる風が強くなった。

今日はお客さん扱いをされて手伝わせてもらえなかったけど明日は手伝おう。野上のご両親は喜んでくれるだろうか、寺さんは明日も来るだろうか。『花水木』では見られなかった素朴な野上に会える明日が待ち遠しい。


翌朝、七時に有希が店に行くと、野上の母親に「こんなに早く何しに来たの」と呆《あき》れられた。

「今日は手伝わせてくださいね」

「手伝うほど忙しい店じゃないから観光でもしておいで。どうせ暇だから息子に付き合わせるから」

「いいえ、手伝いたいんです。手伝いに来たんですから」

「もの好きな子だねぇ。じゃたっぷり働いてもらうわ」

野上の母親が豪快に笑い、「朝めしにするべ」と有希を誘う。テーブルには三陸の幸が並び、朝から日本酒が飲みたくなった。

市場から戻った野上が、母親と一緒に朝食をとる有希に驚いた。

「こんな早くから来たの？」

「ええ、ご褒美《ほうび》に朝ご飯いただいちゃいました。ホテルでも食べてきましたけど」

その日は、野上とふたりで厨房《ちゅうぼう》に入った。久々に見る野上のスープづくりは流れるような手さばきで見ていて気持ちいい。手を動かしながらいろんなことを話した。

「そういえば鶏《とり》からの下処理で木之内さんと言い合ったことがありましたよね」

「激怒されていきなり担当外されましたから。あの時の木之内さん尖《とが》ってましたよね」

「もともと感情的な人ですからね。それまで勤めていたお店が閉店になってしまい面接に来たんですが、かなり尖っていましたよ。〝この店で骨を埋めます〟って、ヤクザ映画みたいなこと言われました」

「えー、知らなかったです」

「リョウタの面接の時の話って知ってます？」

「いいえ」

「履歴書に正直に書いてあるんですよ。〇〇組就職、退社って。それ見て、木之内さんが、〝お前ヤクザもんか？〟って聞いたんです」

「ほんとですか？」

「本当ですよ。するとリョウタが、〝ヤクザになるのはやめました。ラーメン屋で男になります〟って、ふたりがガンつけ合っているんです。私は怖くなってしまいどうやって断ろうと悩んでいたら、木之内さんが、〝こいつ鍛え直してやりましょうよ〟って言うもんだから断れなくなってしまったんですよ」

「だからふたりは兄弟みたいなんですね」

「かなり年齢差がありますが、言いたいことを言い合える友だちみたいなところもありますしね。心から信頼し合っているんでしょう。私にはそういう人がいないから羨《うらや》ましいですよ」

野上がふと寂しそうな顔をした。

「私がいるじゃないですか」

思わず言った言葉に有希自身が驚いた。

「そんな。なぐさめてくれなくていいですよ」

「なぐさめじゃないです。本当にそうです。私だけじゃなくて、木之内さんもリョウタも同じ気持ちですよ」

照れくさくなって、ふたりをだしにした。

「情けない話ですが、こっちに来るときに門阪さんをお誘いしたのは、心細かったからなんです。地元を離れて何十年も経《た》ってから、父親の店を復活させるために戻って来るということにプレッシャーを感じていたんですよ」

「でも、そのために会社を辞めて『花水木』を始めたんですよね」

「つくるときはいいんですよ。勢いがあって大義名分があって、言いようによれば親孝行じゃないですか。だから脇目も振らずに頑張れたんですが、いざ帰るとなると、父親の味が好きだったお客さんに受け入れてもらえるだろうか、おいしいと言ってもらえるだろうかと不安になってしまって。まして二号店を出そうとして失敗していますからね。ひとりでは心細かったんです」

「そうだったんですか」

「実際は『花水木』でも私がスタッフに支えてもらっていたんだと、こちらに帰ってきて思い知らされました。こちらで店を始めて七ヶ月になりますが、スタッフが集まらないのは、私の信頼性のなさでしょう。これでも何人かは面接したんですけど」

「きっといい人が来てくれますよ」

「そんな簡単じゃないですよ。東京とこっちは違うんですよ」

「違うって？」

「やる気がない人ばかりなんですよ」

「そんなこと言うんですね」有希が険しい顔をした。

「そんなこと？」

「それぐらい覚悟してたんじゃないんですか。負け惜しみ言ってるみたいでダサいですよ」

有希が野上に食ってかかる。野上の母親が目を丸くした。

「私は野上さんを尊敬しています。面接の時からずっと思ってましたし今でもそうです。久慈に行きませんかと言われたときは急すぎてお断りしましたけど、さっき野上さんの気持ちを聞いて、私を必要としてくれたということにまた感激したんです。でも東京と久慈は違うって、それだけで片づけちゃう野上さんは尊敬できません」

「いや、そういう意味では」

「じゃどういう意味ですか」

野上が答えられないでいる。母親が素知らぬ顔でテーブルを拭《ふ》きはじめた。

「今でも門阪さんに来てほしいと思っていますよ。そんなの決まってるじゃないですか」

強く言い切る野上に驚きを隠せない。これまでに聞いた野上の言葉でいちばん激しかった。ふと気まずくなり、照れ隠しで聞いた。

「なんで私なんですか」

「あなた以外にいないからです」

心臓が騒ぎだした。息が苦しい。感情と思考が結びつかず、わけがわからなくなる。

「こんな遠くまで来てくれたんだから、それだけで感謝しなくちゃなんねぇべ」

野上の母親がテーブルを拭きながらひとりごとのように言った。時間が止まったような感覚の中、野上の母親の手だけが動いている。

「もうわがまま言うんじゃねぇぞ」

そう言って野上の母親が暖簾を出した。外には雪がちらつきはじめた。


みるみる雪が降りだし、結露した窓ガラスを指で払うと、隣の家の屋根に雪が積もっていた。

「この辺りはあまり雪は降らねぇんだけど、今年は珍しいなぁ」

野上の母親が有希に手招きしてシャベルを渡した。

「想い出に雪かきすっぺ。こっちでは大事な仕事だ」

不器用な息子を気遣ったのだろう、その日はずっと野上の母親が有希のそばを離れず、他愛もない話をしてくれた。野上は黙々とスープを炊《た》き、タレをつくり、チャーシューとメンマの味付けをし、ストーブに薪《まき》をくべた。

昼過ぎになっても野上の父親は姿を見せず、気になって母親に聞いたら、「気まぐれなのさ」と吐き捨てた。

「ウチの男どもは、わがままと気まぐれしかいないわ」

野上が母親のぼやきを遮るように包丁を叩いていた。

「もしもし、元気してる?」

ヨナからだった。電話してくるときは言いたいことがあるに決まってる。

「あのさ、ウチの会社、ちょっとヤバそうなんだよね」

「珍しいじゃん、守秘義務じゃないの?」

「特別に解禁。でね」

それからヨナは『COMnel』の実情を話しはじめた。〈COMnel=Pay〉という新支払いシステムの不具合が、会社のサーバにシステム障害を惹起《じやつき》して、クラウド上のバックアップデータもろとも、多くのデータが消失する事故を起こしたのだ。

本来ならば、金融にも絡むデータであるので、幾重にもバックアップを取っておかねばならなかったのだが、対象サーバのみに適用するプログラムだったためか、バックアップが不十分であり、多くのデータが復旧されずに消えてしまった。

IT企業として致命的となった事故は、ネットで噂になっていたものの、金融庁案件でもあると判断され、近日中に大きく報道されることになるらしい。となれば企業の信頼は失墜し、株価の下落は必至である。おそらく緊急株主総会が開かれ、萩原たち上層部の失脚は免れないだろう。

この前、玉木が話していたことはこれだったのか。

「そんな大事なこと話していいの?」

「もういいんだよ。あんな会社」

「あんな会社って、あなた部長職でしょ」

「来週まではね」

「どういう意味?」

「転職するの。同じIT系よ。外資系だけど。だから話したの。もうすぐ守秘義務じゃなくなるから」

なんて逞《たくま》しい女なんだ、有希は今さらながらヨナに感心した。

「なんかおかしいと思ったから探ってみたの。そしたら会食のときに、どうもグレーっぽい匂いがぷんぷんするのよ。メンバーにはベンチャー企業の役員とかもいてM&Aの話とかしてるし、とても別会社の人と話すような内容じゃなかったの。また玉木の馬鹿が絡んでたんだよね。萩原社長のお人好《ひとよ》しが裏目にでて、今度こそ取り返しがつかないことになっちゃったっていうこと」

「あっ」

「どうしたの?」

「そういえば、萩原ウチの店に来た」

「うそ?」

「来たっていうか、店の前うろうろしてて、私を見つけると近寄って来て、でも何も話さずに帰って行った」

「何か言いたかったんじゃない、元カノのあなたに。今回のことが明るみに出る前に、言い訳がましいこととか。離婚調停中みたいだし」

ヨナの声が遠くなる。だから萩原は来たのだろうか。だとしたら何を言いたかったのだろう。見たこともない泳ぐような目をして、散々な捨て方をした元カノの自分の前に現れて。

私の働く先々にことごとくライバル店をつくった男としてのけじめはどうした。

今までにはない感情が込み上げてくる。怒りとは別の、情けなくて呆れるような想いが。

なんで堂々と暖簾をくぐってくれなかったんだ。最後に元カノがつくったラーメンを注文するのが最低限の礼儀だろう。それでぜんぶ終わりにしたかったのに。怒りやリベンジとかも、ぜんぶ終わらせたかったのに。

それができない男なんだ、あいつは。もう二度と会うことはないのだから、最後にラーメンを食べさせてやりたかった。あいつを見返し、プライドをとり戻すために頑張ってきたラーメンを、美《う》味《ま》いと言わせてやりたかった。

「眠くなったから切るね。電話ありがと」

蛍光灯の青い灯りが悲しくて、ベッドサイドのライトを灯《とも》した。柔らかくて暖かみのある色が有希を余計にせつなくした。電気を消すと忘れたはずの想い出がよぎり、また灯りをつけた。

明日は晴れますように、そう願いをかけてベッドに潜《もぐ》り込んだ。

しばらく眠れなかったからだろうか、気づけば八時を過ぎていた。カーテンの隙間《すきま》から日が差し込んでいる。願いは叶《かな》ったみたいだ。

『ハナミズキ』に着くと、昨日姿を見せなかった野上の父親が店の前に車で乗り付けた。

「おはよう」

声を掛けられ有希が驚いた。

「なんだ親父、その軽トラ」

野上が父親に聞いた。母親が不思議そうな顔をしている。

「商売道具だよ。これから改造するんだ」

「どういう意味だよ」

「屋台のラーメンやるんだべ」

野上と母親が顔を見合わせる。父親が荷台をぽんぽんと叩いた。

「店はどうするんだよ」

「ここはおめぇの店だろ。おめぇがやれ」

「俺の店じゃねぇよ、親父の店でもあるだろ」

「いいや、おめぇの店だ。『ハナミズキ』はオラの味じゃねぇ、おめぇの味だ」

「何言ってるんだよ」

「この店に来る客は、おめぇがつくったラーメンを食いに来てんだ。それはそれでいい。でもな、昔オラがつくってたラーメンを食いに来た人には違う味なんだ。だからオラはオラのラーメンをつくる」

「勝手言うなよ」

「いやぁ言わせてもらう。うまいラーメンさえ食えればいいという客もいるが、オラのラーメンをもう一回食いたいっていう客もいるんだべ。そういう客に屋台こさえて食わしてやるんだ」

荒々しい父子のやりとりが有希の胸を貫く。乱暴で自分勝手な老人の言葉が矢の束となって心のいちばん深いところに突き刺さった。自分が重ねてきたいくつもの経験を一気に剝《は》がされ、燃やされ、灰にされ、それでもお前はラーメンをつくりたいかと問われた気がした。

私は本当に私のラーメンをつくりたかったのだろうか。私だけのラーメンをつくれただろうか。『らーめんｓｈｉｚｕｋｕ』を回顧する。見よう見まねだった麺《めん》づくり学校や自宅での自主練が脳裏を巡り、苦い記憶の中に自分の真髄を探したが見当たらなかった。

もう店を持とうなんて思わない。弱気でも逃げ腰でもない正直な気持ちだ。

有希はまだ自分のラーメンに出会っていない。それをつくる自分にも、それを食べる客の笑顔にも。ただそれだけが、自分のすべきことであり夢であることを、有希は痛感していた。

「好きにしろよ。俺は手伝わないからな」

「ああ上等だ。こうなれば勝負だべ」

野上の母親が呆れた顔をしてため息をついた。

「困ったもんだ、うちの男どもは。さてと、また誰か探さなきゃなんねぇわ」

母親の視線を躱《かわ》すように野上は厨房へ向かった。

「さぁ、手伝いますよ。最終の新幹線まででですけど」

有希がエプロンをきつく結んだ。

「オラも今日だけ手伝ってやっか。最終回だべ」

「もしもしヨナ」

「珍しいじゃん、二日連続なんて」

「まぁね。今日は私の近況報告」

「どうした、またダメ男と付き合いはじめたか？」

「そうじゃない。でも親子揃《そろ》ってダメ男かも」

「なにそれ」

「私、引っ越すことにした」

「どこに」

「北の方」

「都内？　どこそれ？」

「へへ、守秘義務」


長い冬が過ぎ、花水木の花が咲く頃、有希は『ハナミズキ』にいた。

メニューはしょうゆラーメンと塩ラーメンともうひとつ。『しずくラーメン』と名付けられたそれは、有希がこさえた大切な味だ。

野上の母親は毎日、軽トラの助手席に乗っている。

有希には好きな人ができた。

〝門阪さん〟と呼んでいた野上は、〝有希〟と呼ぶようになった。

本書は書き下ろしです。

著者略歴

栗山圭介（くりやま・けいすけ）
1962年岐阜県生まれ。国士舘大学体育学部卒。フリーランスライター、エディター、クリエイティヴディレクターを続けながら、2015年『居酒屋ふじ』（講談社文庫）でデビュー。同作は連続ドラマ化。他に『国士舘物語』『フリーランスぶるーす』がある。

Kadokawa Haruki Corporation

栗山圭介

ヒールをぬいでラーメンを

*

2019年 9 月 8 日第一刷発行

発行者 角川春樹
発行所 株式会社 角川春樹事務所
〒102-0074 東京都千代田区九段南2-1-30 イタリア文化会館ビル
電話03-3263-5881（営業） 03-3263-5247（編集）
印刷・製本 中央精版印刷株式会社

定価はカバーに表示してあります
落丁・乱丁はお取り替えいたします
ISBN978-4-7584-1341-1 C0093
http://www.kadokawaharuki.co.jp/
日本音楽著作権協会（出）許諾第1908371-901